U0035736

每個人心中都有一座島嶼，
藉文字呼息而靜謐，
Island，我們心靈的岸。

喊山

葛水平◎著

目錄

喊山

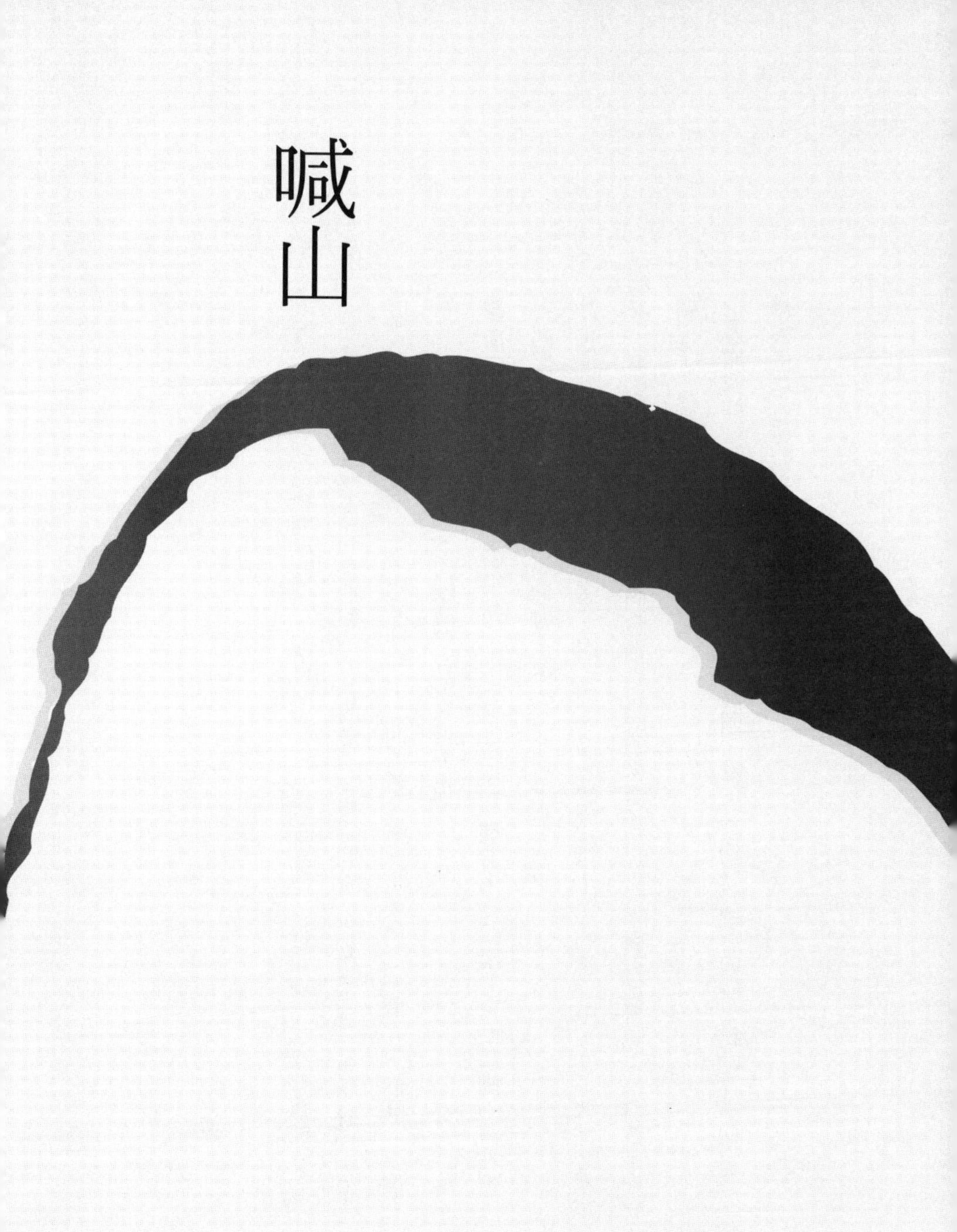

一

太行大峽谷走到這裡開始瘦了，瘦得只剩下一道細細的梁。從遠處望去赤條條的青石頭兒懸壁上下，繞著幾絲兒雲，像一頭抽乾了力氣的騾子，瘦得肋骨一條條掛出來，掛了幾戶人家。

這梁上的幾戶人家，平常說話面對不上面要喊，喊比走要快。一個在對面喊，一個在這邊答，隔著一條幾十米直陡上下的深溝聲音倒傳得很遠。

韓沖一大早起來，端了碗吸溜了一口湯，咬了一嘴黃米窩頭衝著對面口齒不清地喊：「琴花，對面甲寨上的琴花，問問發興割了麥，是不是要混插豆？」

對面發興家裡的琴花坐在崖邊上端了碗喝湯，聽到是岸山坪的韓沖喊，知道韓沖想過來在自己的身上歡快歡快。斜下碗給雞們潑過去碗底的米渣子，站起來衝著這邊喊：「發興不在家，出山去礦上了，恐怕是要混插豆。」

這邊廂韓沖一激動，又咬了一嘴黃米窩頭，喊：「你沒有讓發興回來給咱弄幾個雷管？獾把玉茭糟害得比人掰的還乾淨，得炸炸了。」

對面發興家裡的喊：「礦上的雷管看得比雞屁眼還緊，休想摳出個蛋來。上一次給你的雷管你用沒了？」韓沖嚥下了黃米窩頭口齒清爽地喊：「收了套就沒有下的了。」

對面發興家的喊：「收了套，給我多拿幾斤獾肉來啊！」

韓沖仰頭喝了碗裡的湯站起來敲了碗喊：「不給你拿，給誰？你是獾的丈母娘呀。」

韓沖聽得對面有笑聲浪過來，心裡就有了一陣緊一陣的高興。哼著秧歌調往粉房的院子裡走，剛一轉身，迎面碰上了岸山坪外地來落戶的臘宏。臘宏肩了擔子，擔子上繞了一團麻繩，麻繩上綁了一把斧子，像是要進後山圪梁上砍柴。韓沖說：「砍柴？」臘宏說：「呵呵，砍柴。」兩個人錯過身體，韓沖回到屋子裡駕了驢準備磨粉。

臘宏是從四川到岸山坪來落住的，到了這裡，聽人說山上有空房子就拖兒帶女的上來了。岸山坪的空房子多，主要是山上的人遷走留下來的。以往開山，煤礦拉坑木包了山上的樹，砍樹的人就發愁沒有空房子住，現在有空房子住了，山上的樹倒沒有了，獾和人一樣在山脊上掛不住了就遷到了深溝裡，人尋了平坦地兒去，獾尋了人不落腳蹤的地兒藏。臘宏來山上時領了啞巴老婆，還有一個閨女一個男孩。臘宏上山時肩上挑著落戶的家當，啞巴老婆跟在後面，手裡牽著一個，懷裡抱著一個，啞巴的臉蛋因攀山通紅透亮，平常的藍衣，乾淨、平展，走了遠路卻看不出旅途的塵跡來。山上不見有生人來，若得岸山坪的人們稀罕得看了好一陣子。臘宏指著老婆告訴岸山坪看熱鬧的人，說：「啞巴，你們不要逗她，她有羊羔子瘋病，瘋起來咬人。」岸山坪的人們想：這個啞巴看上去寡腳利索的，要不是有病，要不是啞巴，她肯定不嫁給臘宏這樣的人。話說回來，臘宏是個什麼樣的人──瓦刀臉，乾巴精瘦，豆豆眼，乾黃的臉皮兒上有害水痘留下來的窩窩。韓沖領著臘宏轉一圈子也沒有找下一個合適的屋，轉來轉去就轉到韓沖餵驢的石板屋子前，臘宏停下了。

臘宏說：「這個屋子好。」韓沖說：「這個屋子怎麼好？」臘宏說：「發家快致富，人下豬上來。」韓沖看到臘宏指著牆上的標語笑著說。標語是撤鄉並鎮村幹部搞口號讓岸山坪人寫的，當初是韓沖磨粉的粉房，磨房主要收入是養豬致富。韓沖說：「就寫個養豬致富的口號。」寫字的人想了這句話。字寫好了，韓沖從嘴裡念出來，越念越覺得不得個勁，這句話不能細琢磨，細琢磨就想笑。韓沖不在裡磨粉了，反正空房子多，就換了一個空房子磨粉。韓沖說：「我餵著驢呢，你看上了，我就牽走驢，你來住。」韓沖可憐臘宏大老遠的來岸山坪，山上的條件不好，有這麼個條件還能說不滿足人家？臘宏其實不是看中了那標語，他主要是看中了房子，石頭房子離莊上遠，他不願意抬頭低頭的碰見人。

住下來了，岸山坪的人們才知道臘宏人懶，腿腳也不勤快。其實靠山吃山的莊稼人，只要不懶，哪有山能讓人吃盡的。但臘宏常常顧不住嘴，要出去討飯。出去大都是臘月天正月天，或七月十五八月十五，趕節不隔夜，大早出去，一到天黑就回來。臘宏每天回來都背一蛇皮袋從山下討來的白饃和米糰子，山裡人實誠，常常顧不上想自己的難老想別人的難，同情眼前事，悽惶落難人。啞巴老婆把白饃切成片，把米糰子挖了裡邊的豆餡，擺放在有陽光的石板上曬。雪白的饃、金黃的米糰子曬在石板地上，走過去的人都要回過頭咧開嘴笑，笑啞巴聰明，知道米糰子是豆餡，容易早壞。

臘宏的閨女沒有個正經名字，叫大。臘月天和正月天，岸山坪的人會看到，臘宏閨女大端了豆餡吃，紫紅色的豆餡上放著兩片酸蘿蔔。韓沖說：「大，甜餡兒就著個酸蘿蔔吃是個什麼味道？」大以為韓沖笑話她就翻他一眼，說：「龜兒子。」韓沖也不計較她罵了個啥，就往她碗裡夾了兩張粉漿餅子，大扭回身快步摟了碗，進了自己的屋裡，一會兒拽著啞巴出來指著韓沖看，啞巴乖巧的臉蛋兒沖韓沖點點頭，咧開的嘴裡露出了兩顆豁牙，吹風露氣地笑，有一點感謝的意思。

韓沖說：「沒啥，就兩張粉漿餅子。」

韓沖給岸山坪的人解釋說：「啞巴不會說話，心眼兒多，你要不給她說清楚，她還以為害她閨女呢。」

挖了豆餡的米團子，曬乾了，煮在鍋裡吃，米團子的味道就出來了。啞巴出門的時候很少，岸山坪的人覺得啞巴要比臘宏小好多歲，看上去比臘宏的閨女大不了幾歲，也拿不準到底小多少歲。啞巴要出門也是在自己的家門口，懷裡抱著兒，門墩上坐著閨女，身上衣服不新卻看上去很乾淨，清清爽爽的小樣兒還真讓青壯漢們回頭想多看幾眼睛。兩年下來，靠門墩的牆被抹得亮旺旺的，太陽一照，還反光，打老遠看了就知道是坐門墩的人磨出來的。

岸山坪的人不去臘宏家串門，臘宏也不去岸山坪的人家裡串門。有時候人們聽見臘宏打老婆，打得很狠，邊打還邊叫著：「你敢從嘴裡蹦一個字兒出來，老子就要你的命！」岸山坪的人說，一個啞巴你倒想讓她從嘴裡往出蹦一個字兒？

有一次韓沖聽到了走進去，就看到了臘宏指著哆嗦在一邊的啞巴喊著「龜兒子，瓜婆娘」，看著韓沖進來了，反手捏了兩個拳頭對著他喊起來：「誰敢來管我們家的事情，我們家的事情誰敢來管！」臘宏平常見了人總是笑臉，現在一下黑了臉，看上去一雙豆豆眼聚在鼻中央怪兇的。韓沖扭頭就走，邊走邊大氣不出地回頭看，怕走不利索身上黏了什麼晦氣。

現在韓沖駕了驢準備磨粉，他先牽了驢走到院子一角讓驢吧嗒兩粒驢糞，然後又給驢套上嘴護捂了眼罩駕到石磨上，用漏勺從水缸裡撈出泡軟的玉茭填到磨眼上。韓沖拍了一下驢屁股，驢很自覺地繞著磨道轉開了。

韓沖因為家境窮，三十歲了還沒有說上媳婦，想出去當女婿，出去幾次也沒有找到合適的家戶，反覆幾年下來就這麼耽擱了。也不是說韓沖長得不好，總體看上去比例還算勻稱，主要問題還是山上窮，山下的哪個閨女願意上來？次要問題是他和發興老婆的事情，天下沒有不漏風的牆，這種事情張揚出去就不是落到了塵土深處，而是落入了人嘴裡，人嘴裡能飛出什麼好鳥嗎？

頭一道粉順著磨縫擠下來流到槽下的桶裡，韓沖提起來倒進漿缸，從牆上摘下蘿，舀了粉，一邊蘿，一邊擦著濺在臉上的粉漿，白糊糊的粉漿像梨花開滿了衣裳。韓沖想：都說我身上有股老漿氣，女人不喜歡挨，我就聞著這個味道好，琴花也聞著這味道好。一想到琴花，想到黑裡的歡快，他就鳥兒一樣吹了兩聲口哨。他蘿下來的粉叫第二道粉，也是細粉，要裝到一個四方白布上，四角用吊帶拎起來吊到半空往外泠水，等水泠乾了，一塊一塊掰下來，用專用的荊條筐子架到火爐上烤。烤乾了打碎就成了粉麵，和白麵豆麵搭配著吃，比老吃白麵好，也比老吃玉茭麵細，可以調換一下口味。

甲寨和溝口附近的村子，都拿玉茭來換粉麵。韓沖用剩下來的粉渣餵豬，一窩七、八頭豬，單純用糧食餵豬是餵不起的，韓沖磨粉就是為了賺個餵豬的粉渣。做完這些活兒，韓沖打了個哈欠給驢卸了眼罩和護嘴，牽了出來拴到院子裡的蘋果樹上，瞇了眼睛望瞭望對面，想找一個人。沒想到他想找的人現在也在崖邊上往這邊看，他趕緊三步併兩步，用手摳著衣服上的白粉漿往崖頭上走，遠遠地他就看見了他現在最想要找的人——發興的老婆琴花。

「韓沖，傍黑裡記著給我舀過一盆粉漿來。」

琴花讓韓沖舀粉漿過去，韓沖就最明白是咋回事了，心裡歡快地跳了一下，他知道這是叫他晚上過去的暗號。還沒等得韓沖回話，就聽得後山圪梁的深溝裡下的套子轟的響了一下，韓沖一下子就高興了起來，對著對面崖頭上的琴花喊：「日他娘，前晌等不得後晌，崩了，吃什麼粉漿，你就等著吃獾肉吧！」

韓沖扭頭往後山跑，後山的山脊越發的瘦，也越發的險，就聽得自己家的驢應著那一聲爆炸，驚得「哥哦哥，哥哦哥」地叫。

韓沖抓著荊條往下溜，溜一下屁股還要往下坐一下。韓沖當時下套（注：地方語，指擺設機關，讓動物上當。）的時候，就是衝著山溝裡人一般不進去，獾喜歡走一條道，從哪裡來到哪裡去，一點彎道都不繞。獾拱土豆，拱過去的你找不到一個土豆，拱得乾乾淨淨，獾和人一樣就喜歡認死理。韓沖溜下溝走到了下套的地方，發現下套的地方有些不對勁，兩邊有兩捆散開了的柴，有一個人在那裡躺著哼哼。韓沖的頭霎時就大了，滿目金星出溜出溜地往出冒。

炸獾炸了人了！炸了誰了？

韓沖腿軟了下來問：「是誰？」

「韓沖，你個龜兒子，你害死我了。」

聽出來了，是臘宏。

韓沖奔過去，看到套子的鐵夾子夾著臘宏的腳丟在一邊，臘宏的雙腿沒有了。人歪在那裡，兩隻眼睛瞪著比血還紅。韓沖說：「你來這裡幹啥來了？」臘宏抬起手指了指前面，前面灌木叢生，有一棵野毛桃樹，樹上掛了十來個野毛桃果，有一個小松鼠鬼鬼祟祟朝這邊瞅。韓沖回過頭，看到臘宏歪了頭不說話了，他忙把臘宏背起來往山上走，臘宏的手裡捏了把斧頭，死死地捏著，在韓沖的胸前晃，有幾次灌木叢掛住了也沒有把它拽落。

韓沖背了臘宏回到村裡，山上的男女老少都迎過來，看背上的臘宏黃鏽的臉上沒有一絲兒血色。把他背進了家放到炕上，他的啞巴老婆看了一眼，緊緊地抱了懷中的孩子扭過頭去，彎下腰嘔吐了一地。聽得臘宏輕輕地咳嗽了一聲，啞巴抬起身迎了過來，韓沖要啞巴倒一碗水，啞巴端過來水，突然臘宏的斧頭照著啞巴砍了過去。臘宏用了很大的勁，嘴裡還叫著：「龜兒子你敢！」韓沖看到啞巴一點也沒有想躲，臘宏的勁兒看見猛，實際上斧頭的重量比他的勁兒要衝，斧頭「哐噹」垂直落地了。啞巴手裡的一碗水也落地了。臘宏的勁兒也確實是用猛了，背過一口氣，半天那氣絲兒沒有拽直，張著個嘴歪過了腦袋。韓沖沒敢多想跑出去緊著招呼人綁擔架要抬著臘宏下山去鎮醫院，岸山坪的人圍了一院子伸著脖子看，對面甲寨崖邊上也站了人看，琴花喊過話來問：「炸了誰了？」

這邊上有人喊：「炸了討吃了！」

他們管臘宏叫討吃。

琴花喊：「炸沒人了，還是有口氣？」

這邊上的說：「怕已經走到奈何橋上了。」

韓沖他爹扒開眾人走進屋子裡看，看到滿地滿炕的血，捏了捏臘宏的手還有幾分柔軟，拿手背兒探到鼻子下量了量，半天說了聲：「怕是沒人了。」

「沒人了。」話從屋子裡傳出來。

外面張羅著的韓沖聽了裡面傳出來的話，一下坐在了地上，驢一樣「哥哦哥，哥哦哥——」地嚎起來。

二

炸獾會炸死了臘宏，韓沖成了岸山坪第二個惹出命案的人。

這兩、三年來，岸山坪這麼一塊小地方已經出過一樁人命案了。兩年前，岸山坪的韓老五出外打工回來，買了本村未出五服的一個漢們的驢，結果驢牽回來沒幾天，那驢就病死了。兩人為這事麻纏了幾天，一天韓老五跟這漢們終於打了起來。那韓老五性子烈，三句話不對，手裡的鐮刀就朝那漢子的身子去了，只幾下，就要了人家的命。山裡人出了這樣的事，都是私下找中間人解決，不報案。山裡人知道報案太麻纏，把人抓進去，就是斃了腦瓜，就是兩家有了仇恨，最終頂個屁用？山裡的人最講個實際，人都死了，還是以賠為重。村裡出了任何事，過去是找長輩們出面，說和說和，找個都能接受的方案，從此息事寧人。現在有了事，是幹部們出面，即使是出了命案，也是如此，如法炮製。韓老五不是最終賠了兩萬塊錢就拉倒了事？

如今臘宏死了，他老婆是啞巴，孩子又小，這事咋弄？岸山坪的人說，人死如燈滅，活著的大小人兒以後日子長著呢，出倆錢買條陽關道，他一個討吃又是外來戶，價碼能高到哪兒去？

這天韓沖把山下住的村幹部一一都請上來，幹部們隨韓沖上了岸山坪，一路上聽事情的來龍去脈，等走上岸山坪時，已了解得八九不離十了。

看了現場，出門找了一個僻靜的地方站下來，商量了一陣子，認為最好的辦法是按這裡的規矩來辦。他們責成會計王胖孩來當這件事情處理的主唱：一來他腿腳勤；二來這種事情不是什麼好事，一把二把手（注：指大領導小領導。）不便出面；三來這王胖孩的嘴比腦子翻轉得快。

返進屋裡坐下，王胖孩用手托著下巴頦對啞巴說：「你們住的這房是韓沖原來的吧？韓沖對你家臘宏應該是不錯吧？他倆沒仇沒恨吧？臘宏因為砍柴誤踩了韓沖的套子，這種事誰也沒有料到吧？」咳嗽了一聲，旁邊的一個突然想起了什麼，有些摸不著深淺地問：「你是啞巴？都說啞巴是十啞九聾，不知道你是聽得見還是聽不見？要是聽見了就點一下頭，要是聽不見說也白說。」村幹部和韓沖的眼光集體投向啞巴，就看到那啞巴居然慌慌慌地點了一下頭。

幹部們驚訝得抬直身體嗽了一聲，王胖孩舔了舔發乾的嘴片子，盡量擺正態度把話說普通了：「這麼說吧，你男人的確是死了……不容質疑。」

說到這裡就看到臘宏老婆打了個激靈。王胖孩長嘆一聲繼續說：「真是生死由命，富貴在天啊。你說罵韓沖炸獾炸了人了吧，他已經炸了，你說罵臘宏福薄命賤吧，他都沒命了。這事情的不好辦就是活的人活著，死的人他到底死了；活的人咱要活，死的人咱要埋，是吧？這事情的好辦是，你不是一個不講道理的婦女，你心明眼亮可惜就是不會說話。我們上山來的目的，就是要活的人更好地活著，死的人還得體面地埋掉。你一個啞巴婦女，帶了兩個孩子，不容易啊。現在男人走了，難！咱首先解決這個難中之難的問題，你相信我這個村幹部，就讓韓沖埋人，不相信我這個村幹部，你就找人寫狀紙，告。但是，你要是告下來，韓沖不一定會給臘宏抵命，我們這些村幹部因為你不是岸山坪的，想管，到時候怕也不好插手，說來你娘母們還是個黑戶嘛！」

臘宏的啞巴老婆驚訝得抬起頭瞪了眼睛看。王胖孩故意不看啞巴扭頭和韓沖說：「看見這孤兒寡母了嗎？你好好的炸球什麼獾？炸死人啦！好歹我們幹部是遵紀守法愛護百姓一家人的，看你鑿頭鑿腦咋回事兒似的，還敢炸獾？趕快把賣豬的錢從信用社提出來，先埋了人咱再商量後一步的賠償問題！」

啞巴像是丟了魂兒似地聽著，回頭望望炕上的人，再看看屋外屋內的人，啞巴有一個間歇似的默想，稍頃，抽回眼睛看著王胖孩笑了一下。

這一笑，讓有一種強烈的表現欲望的王胖孩沈默了。啞巴的神情很不合常理，讓幹部們面面相覷不知道她到底笑個啥。

幹部們做主讓韓沖把他爹的棺材抬出來裝了臘宏，事關重大，他爹也沒有說啥。韓沖又和他爹商量用他爹的送老衣裝殮臘宏。韓沖爹這下子說話了。

「你要是下套子炸死我了倒好了，現成的東西都有。你炸了人家，你用你爹的東西埋人家，都說是你爹的東西，但埋的不是你爹，這比埋你爹的代價還要大，我操！」

韓沖的臉兒埋在胸前不敢答話，他爹說：「找人挖了墳地埋臘宏吧，村幹部給你一個台階還不趕快就著下，等什麼？你和甲寨上的娘們混吧，混得出了人命了吧？還搭進了黃土淹沒脖子的你爹。你咋不把腦袋埋進褲襠裡！」說完，韓沖爹從木板箱裡拽出大閨女給他做好的送老衣，摔在了炕上。

把臘宏裝殮好，棺材準備起了，四個後生喊：「一、二，起！」抬棺材的鐵鏈子突然斷了，抬棺材的人說：「日怪，半大個人能把鐵鏈子拉斷，是不是家裡不見個哭聲？」

啞巴是因為哭不出聲，女兒兒子是因為太小，還不知道哭。王胖孩說：「鑼鼓點兒一敲，大幕兒一拉，弄啥就得像啥！死了人，不見哭聲叫死了人嗎？這還是咱們的工作沒有做好，這樣吧，去甲寨上找幾個女人來，村裡花錢。」

馬上就差遣人去甲寨上找人，哭婦不是想找就能找得到，往常有人不在了，論輩分往下排，哭的人不能比死的人輩分大。現在是哭一個外來的討吃，算啥？

女人們就不想來，韓沖一看只好一溜兒小跑到了甲寨上找琴花。進了琴花家的門，琴花正在做飯。聽了韓沖的來意後，琴花坐在炕上說：「我哭是替你韓沖哭，看你韓沖的面，不要把事情顛倒了，我領的是你韓沖的情，不是衝村幹部的面子。」

韓沖說：「還是你琴花好。」

看到門外有人影兒晃，琴花說：「這種事給一頭豬不見得有人哭。這不是喜喪，是凶喪。也就是你韓沖，要是旁人我的淚布袋還真不想解口繩呢。」

門外站著的人就聽清了——琴花要韓沖出一頭豬，這可是天大的價碼。

琴花見韓沖哭喪個臉，一笑，從箱子裡拽了一塊枕巾往頭上一蒙，就出了門。

走到岸山坪的坡頂上看了一眼黑壓壓的人群，就扯開了喉嚨：「你死得冤來死得苦，討吃送死在了後梁溝——」

村幹部一聽她這麼樣的哭，就要人過去叫她停下來——這叫哭嗎？硬邦邦的沒有一點兒情感。琴花馬上就變了一個腔：「水流千里歸大海，人走萬里歸土埋，活歸活啊死歸死，陽世咋就拽不住個你？呀喂——呵呵呵。」

琴花這麼一哭把岸山坪的空氣都抽拽得麻忱起來，有人試著想拽了琴花頭上的枕巾看她是假哭還是真哭，琴花手裡拄著一根乾柴棍掄過去敲在那人的屁股蛋上，就有人捂了嘴笑。琴花乾哭著走近了啞巴，看到啞巴不僅沒有淚蛋子在眼睛裡滾，眼睛還望著兩邊的青山。琴花哭了兩聲不哭了，你的漢們你都不哭，我替你哭你好歹也應該裝出一副喪夫的樣子吧。

埋了臘宏，王胖孩叫來幾個年長的坐下商量後事，一干人圍著石磨開始議事。比如，這啞巴和孩子誰來照顧，怎麼個照顧法，都得立個字據。韓沖說：「最好一次說斷了，該出多少錢我一次性出夠，要連帶著這麼個事，我以後還怎麼樣討媳婦？」大夥研究下來覺得是個事情，明擺著青皮後生（注：「青皮後生」指年輕人，頭皮還是青的，還沒到成熟的年齡。）的緊急需要，事兒是不能拖泥帶水，得抽刀斬水。

一個說：「事情既出由不得人，也是大事，人命關天，紅嘴白牙說出來的就得有個道理！」

一個說：「啞巴雖然啞巴，但啞巴也是人。韓沖炸了人家的男人了，畢竟不是他有意想炸，既然炸了，要咱來當這個家，咱就不能理偏了啞巴，但也不能虧了韓沖。」

一個說：「畢竟和韓老五打架的事情不是一個年頭了，怕不怕老公家怪罪下來？」

一個說：「現在的大事小事不就是倆錢嗎，從光緒年到現在哪一件不是私了？有直道兒不走，偏走彎道兒。老公家也是人來主持嘛，要說活人的經驗不一定比咱懂多少，舌頭沒脊梁來回打波浪，他們主持得了這個公道嗎？」

王胖孩說：「話不能這麼說，咱還是老公家管轄下的良民嘛！」

王胖孩要韓沖把啞巴找來，因為啞巴不說話，和她說話就比較困難。想來想去想了個寫字，卻也不知道她是否認字。王胖孩找了一本小學生的寫字本和一根鉛筆，在紙上工工整整寫了一行字，遞過來給啞巴看。

啞巴看了看，取過筆來，也寫了一行字遞過去。韓沖因為心裡著急伸過去脖子看，年長的因為稀罕也伸過脖子，發現上面的第一行是村幹部寫的：「我是農村幹部，王胖孩，你叫啥？」後一行的字歪歪扭扭寫了：「知道，我叫紅霞。」

所有的人對視了一下，稀罕這個啞巴不簡單，居然識得倆字。

「紅霞，死的人死了，你計畫怎麼辦？要多少錢？」

「不要。」

「紅霞，不能不要錢。社會是出錢的社會，眼下農村裡的狗都不吃屎了，為什麼？就因為日子過好了啊，錢是啥？是個膽兒，膽氣不壯，怕米糰子過幾天你娘母們也吃不上了。」

「不要。」

「紅霞婦女，這錢說啥也得要，只說是要多少錢？你說個數，要高了韓沖壓，要少了我們給你抬，叫人來就是為了兩頭兒取中間主持這個公道。」

「不要。」

小學生寫字本上三行字歪歪扭扭看上去很醒目，大夥兒覺得這個紅霞是氣糊塗了，哪有男人被人搞死了不要錢的道理？要知道這樣的結果還叫人來幹啥？寫好的紙條遞給韓沖，要他看了拿主意，使了一下眼兒，兩個人站起來走了出去。收住腳步，王胖孩說：「她不是個簡單的婦女，不敢小看了，她想把你弄進去。」韓沖嚇了一跳，腳尖踢著地面張開嘴看王胖孩。王胖孩歪了一下頭很慎重地思忖了一下說：「哪有給錢不要的道理，你說。她不是想把你弄進去是什麼？」韓沖越發不知道該說什麼了。王胖孩指著韓沖的臉說：「要暖化她的心，打消她送你進去的念頭，不然你一輩子都得背著個污點，有這麼個污點你就甭想說上媳婦。」韓沖閉上嘴，嚥下了一口唾沫，唾沫有些劃傷了喉嚨，火辣辣地疼。

「這幾天，你只管給啞巴送米送麵。你知道，我也是為你好，讓老公家知道了，弄個警車來把你帶走了，你前途毀了，以後出來怎麼做人？趁著對方是個啞巴，咱把這事情就啞巴著辦了，省了官辦，民辦了有民辦的好處。明白不？」韓沖點了頭說：「我相信領導幹部！」

兩個人商量了一個暫時的結果，由韓沖來照顧他們娘母仨。返進屋子裡，王胖孩撕下一張紙來，邊念邊寫。

「合同。甲方韓沖，乙方紅霞。韓沖下套炸獾炸了臘宏，鑑於目前臘宏媳婦神志不情的情況，不能夠決定賠償問題，暫時由韓沖來負責養活他們母子仨，一日三餐，吃喝拉撒，不得有半點不耐煩，直到紅霞決定了最後的賠償，由村幹部主持，岸山坪年長的有身分的人最後得出結果才能終止合同。合同一方韓沖首先不能毀約，如紅霞對韓沖的照顧有不滿意之處，紅霞有權告狀，並加倍罰款。」

合同一式兩份，韓沖一份，啞巴一份。立據人互相簽了字，本來想著要有一番爭吵的事情，就這麼說斷了，岸山坪人的心裡有一點盼太陽出來陰了天的感覺，心裡結了個疙瘩，莫名地覺得啞巴真的是傻，互相看著都不再想說話了。

送走王胖孩，韓沖摺好條子裝進上衣口袋，啞巴前腳走，韓沖後腳卸了爐上的粉走進了啞巴家。

進了啞巴家韓沖看到啞巴的房梁上吊下來兩個籮筐，籮筐下有細小的絲線拉拽著一條一條的小蟲，韓沖知道那籮筐裡放的是討來的曬乾了的米糰子和白饃。啞巴沒有停下手裡的活，她手裡正拿了一捧米糰子放在鍋台邊，一塊一塊往下磕上面生的小蟲，磕一塊往鍋裡煮一塊，鍋台上的小蟲伸展了身子四下跑，啞巴端下鍋，拿了笤帚，兩下子就把小蟲子掃進了火裡，坐上鍋，聽得噗噗的響。

韓沖瞇縫著眼睛歪著脖子說：「這哪是人吃的東西。」提下了籮筐走出去倒進了自己的豬圈裡，豬好久沒有換口味了，咂巴著乾邦硬的米糰子，吐出來吞進去，嘴片子錯得吧唧吧唧響。韓沖給啞巴提過來麵和米，啞巴拉了閨女和孩子笑著站在牆角看他一頭汗水地進進出出。韓沖想，你這個啞巴笑什麼，我把你漢們炸了你還和我笑。但他不敢多說話，只顧埋頭幹他的活。

這時候就有人陸續走上岸山坪來看啞巴的孩子，有的想收留啞巴的孩子，有的乾脆就想收留啞巴。韓沖裝作沒看見，他想要是真有人把啞巴收留了才好，她一走我就啥也不用賠了。但啞巴這時候面對來人卻很決絕地把門關上了。

王胖孩又來到了岸山坪，要韓沖叫了年長的和有些身分的人走進了啞巴的家。王胖孩坐下來看著啞巴說：「今天我來是給你做主，有啥你就說。」韓沖坐到門墩上琢磨著這個事情該怎麼開頭，說什麼好。就聽得王胖孩說：「咱打開天窗說亮話，不繞彎子了，這理說到桌面兒上是欠了人家一條命，等於蓋屋你把人家的大梁抽了，屋塌了。現在，你一個孤寡婦女，又是啞巴，帶著倆孩子，容易嗎？要我說就一個字——難。紅霞，老話重提，你說出個數位來，要多少？」

啞巴抬起頭拿過一根點火的麻稈來在石板地上寫了兩黑字——不要。村幹部接過麻稈來，大大的在地上寫了兩個字——兩萬。韓沖低下頭看，請來的也低下頭看，抬起頭互相點了點頭，大意是有了韓老五的事情在前面做樣板，這樣的處理結果也是說得過去的。韓沖說話了：「胖孩哥，兩萬塊暫時拿不出，能不能分期付？如果不行，就得給我政策，讓我貸。」

王胖孩想了半天說：「上頭的政策主要是鼓勵農民貸款致富，哪有讓你貸款用來買命的？這事要說也沒有個啥，擺到桌面上就是個事。你是不是到對面的甲寨上找一找發興，他兒在礦上，煤炭現如今效益不錯，他家裡想來是有貨的，借一借嘛。琴花雖然是出了名的鐵公雞，畢竟是喝過你的粉漿，吃過你的獾肉，還是你的相好，你炸死的這個人用的雷管還是她提供的，咱嘴上不說，她是脫不了干係的。」

韓沖不好意思地低下了頭。

事情說到這裡，王胖孩和啞巴紅霞說：「按我的意思來，你不要，不等於我們不懂，我們不懂就是欺負你了，這不符合山裡人的作風。等韓沖湊夠了錢，我再到這山上來親手遞給你。咱這事情就算結束，你也好準備你的退路。一個婦道人家沒有漢們幫襯，哪能行啊！韓沖，話說回來大家是為了你辦事，光跑腿我就跑了幾趟，你小子懂個眼色不懂？」

韓沖大眼兒套小眼兒看著王胖孩，王胖孩舉起手裡的麻杆說：「這，縮小了像個啥？」韓沖想，像個啥？啞巴從王胖孩手裡拿過麻杆來掰下前面點黑了的一小截，叼在嘴上咂巴了兩口，韓沖明白了，他是想要菸哩。稀罕得岸山坪的長輩們放下手中的旱菸鍋子看啞巴，啞巴看得不好意思了低下了頭。

韓沖趕緊出去到代銷點上買了兩條菸遞給了王胖孩。王胖孩說：「這是啥意思？鄉里鄉親的弄這？」說罷，掰開一條菸給坐著的長輩一人發了一包，自己把剩下的夾在腋窩下起身走了。

長輩們看著手裡的菸，咧開嘴笑著，心裡卻不是個滋味，啥也沒表態走了兩步路就賺了一包菸，很是有點不好意思。韓沖說：「算個啥嘛，都是德高望重的人，就是沒事我韓沖也應該孝敬你們！」

三

借錢的事情很簡單，也很複雜，簡單得就像天上的一顆太陽，無際藍天，沒有鳥兒飛翔，看上去空曠；複雜得突然就亂雲飛渡，飛渡的雲不是瓦片和撓鉤狀兒，是黑雲壓山，兜頭澆得韓沖涼刷刷的。

韓沖去對面的甲寨上，要下了溝，繞出山，再轉回來上對面，大約要一個半鐘點。這地方的人叫吃虧不叫吃虧，叫吃家死，韓沖這一回借錢就吃了大家死。

走上甲寨人們就說：「韓沖，還敢不敢下套子了？膽子大啊，那討吃下那深溝做啥去了，活該要他的命。」韓沖撓了撓頭髮，「呵呵」笑了一下，很不舒展。不斷有人問，韓沖就不斷很不舒展的「呵呵」。

走進發興的院子裡，看到發興坐在小馬扎（注：「小馬扎」指一種輕便小巧的座椅。）上抽旱菸，菸鍋子在地上磕了一下子，說：「你來了，稀客。有啥事不喊要過溝來說？我可是頭一回見你大白天來。也是的，炸獾咋就炸了人了？」

韓沖說：「話不能這樣兒說，大白天不來搭黑來幹啥？老哥你就不要瞎猜了，人倒楣了放個屁都砸腳後跟。我也思謀著他下那溝做甚了，兩捆柴好好的摔在一邊，手裡握著一把斧頭不丟，看見我眼睛瞪得快要出血，恨不能把我吃掉，我操。不過話說回來，咱是斷了人家啞巴的疼了。」

琴花撩開碎布頭拼成好看的門簾出來，說：「韓沖，以後不要下套子了，那獾又不是光吃你的玉茭，你把人炸了，虧得他是外來的，要是本地的，不讓你抵命才怪。」

韓沖低下頭看著自己的腳尖，鞋是一雙解放球鞋，因為舊了，剪了前邊和後邊，當涼鞋穿。韓沖看著看著就想把過來的意思挑明。韓沖說：「我過來是有個事情想求你們倆口幫忙。」

琴花返進去從屋子裡端出一罐頭瓶水來遞給他說：「幫啥忙？跑腿找人的事，發興能幫得上就一定幫。這兩天架驢磨粉了？你不要因為這事把豬餓了，該做啥還做啥，臘月裡我大兒要訂婚，還想借你一頭豬下酒席呢。你要趕不上餵，趕過來我餵，秋口上賣了咱二一添做五分。」

韓沖抬起頭看琴花，琴花臉上掛著笑，嘴角角上的一顆黑土眼（注：「土眼」指痔，地方話）翹起來頂在鼻子邊。韓沖想，琴花臉上的這個黑土眼壞了她好幾分人才。

發興說：「事情最後怎麼處理了，說了個甚解決辦法？聽說有人上來說啞巴，女人要是沒有了男人，小腰就斷了，就拖不動腿了，也怪可憐的。」

琴花說：「傻啞巴不知道哭，看來是真有病，山下有人要她，收拾走算了，省了你來照顧。」

韓沖鼓了鼓勇氣說：「不瞞你們倆口說，我今兒過來這甲寨上就是想和你們打湊倆錢，給啞巴。救個急，誤不了你娶媳婦，我韓沖是說話算話的。」

一聽說是借錢，琴花就示意發興閉嘴。琴花走到韓沖的面前看著他說：「說起來是應該幫忙，出了這麼大的事情，啊呀，我當時就不敢過去看那死鬼，聽人說，下半截整個都沒了？嚇死了。事情是出了，有事說事，按道理是得賠人家，是不是？按道理誰能幫上忙就幫忙，鄉里鄉親的，抬頭不見低頭見，誰家不出個事？古話說了，有啥別有事，沒啥別沒錢，兩件事都讓攤上了。可有些事情攤上了，還真是幫不上你這個忙。我給你說吧，臘月裡要給大兒訂婚，正月裡不娶，明年秋口上也得娶，如今說個媳婦容易嗎，屁股後捧著人家還要脫落，敢鬆口氣？我要是真有錢我還真捨得借你，不怕你不還；可就是沒有錢，活了個人帶了個窮命，難啊！」

韓沖看著琴花的嘴一張一合的，想自己還親過這張嘴，嘴裡的舌頭滑溜溜，有時候也咬一下韓沖的下嘴片子，到韓沖的忘情處會說，人家都穿七分褲了，你也給我買一條穿穿，我是二尺四的腰，要小方格子的面料。韓沖會說，穿那幹啥，不好看，憋得屁股和兩瓣瓣蒜一樣。琴花說，你不買，你就給我下來，我看你哪頭難受！韓沖在她身上正忙著，只好忙說，買買。

韓沖你給我買一盒舒膚佳香胰子，韓沖你給我看看我的肚皮是不是鬆得厲害了，我也想買條裹腹褲。韓沖，我除了不和你住一個屋子，住一個屋子裡幹的事，咱都幹了，也就等於是一家人了，你賺了錢就給我花，我從心裡疼你……

韓沖看著琴花心想你身上穿的從裡到外哪一樣不是我買的，你琴花疼我了？疼我什麼了？關鍵的時候，說到錢的時候，你就不和我一心了。

發興說：「這事情不是幫忙不幫忙的事情，是幫不了這忙，是人命關天。小老弟，都怪你炸球什麼獾嘛！」

韓沖想，也就是啊，炸球什麼獾嘛！

琴花的短腿直著一條，斜著一條，直著的硬邦邦地站著，斜著的抖抖地閃，閃得人心中想生氣。韓沖說：「看在以往的面子上，你們就幫我一回吧，我炸死人，要不是你給我雷管，我拿什麼炸他？」

琴花一下把斜著的那條腿收了回來指著韓沖說：「以往怎麼啦，以往就吃了你幾次粉漿，當是什麼好東西啊，給豬吃的東西，從崖下吊給我吃，討你什麼便宜了？韓沖，不是說不借給你錢，是沒有東西借給你，你當是清明上墳托鬼洋，八月十五打月餅，找個模子就現成？我是給你雷管了，我叫你韓沖炸人了？你炸死人怨我的雷管，笑話！既然說到這個分上了，我哭討吃的那頭豬不要了，落得送你給人情。」

韓沖說：「我多會兒說要送你一頭豬了？」

發興說：「裝傻，誰都知道你要給一頭豬！要說討便宜，你是討了大便宜了，別說是一頭豬，十頭豬你也不吃家死（注：「吃家死」是地方口語，指吃虧了。）。別人不知道，我是心知肚明。」

琴花打斷了發興的話：「你心知個啥，肚明個啥？不會說不要搶著說。」

韓沖端起罐頭瓶一口喝了瓶裡的水說：「我也就是到了困難的時候了吧，才找你們來張嘴，張一回嘴容易嗎？張開了難合住，給個面子，沒多總有個少吧？這溝裡就你們還有倆錢，我也是屎憋到屁股門上了，我要有二指頭（注：意思為沒有辦法，地方口語。）奈何也不會張嘴求人，琴花求你了！」

琴花說：「韓沖，我是真想幫你這個忙，可就是心有餘而力不足，十塊八塊的又不頂個事情辦，三千兩千的我還真沒有見過，要有就借你了，醜話說到頭了，你走吧，甲寨上的人在大門外看咱的笑話哩。」

韓沖站了起來要走，琴花又說話了：「你欠我多少，不是一頭豬能還得了的，走歸你走，但你得記清楚了。」這一句話說得不是時候，琴花的本意是想說，要是還想著我，你就來，來就得帶零花兒來。可說這話兒不是個地方，韓沖都快急得火燒眉毛了他哪裡能繞過這個彎。

韓沖一下站住了說：「兩清了。這錢我不借了，你有本事繼續耍你的本事，隔著崖，你是甲寨上的，我是岸山坪的，井水不犯河水。發興，你老婆本事大啊。」

琴花的臉霎時就青了，這叫人話嗎？得了便宜賣乖，不借你錢，舌頭就長刺了，這就讓琴花難嚥這口氣。

琴花說：「站住，韓沖！」一下就撲過去跳起來照著韓沖的臉摑了一個巴掌，韓沖沒有防備，一下就怔住了。

韓沖說：「不借錢就算了，你還打我。我打你吧，我不君子，不打你吧你太張狂了，跳起來打，不夠三尺高的人就是毒。我拿雷管炸了人，那雷管我有嗎?還不是你給的！」

發興站起來拖住了琴花，琴花兜頭給了發興一巴掌，跳著腳跑出院外，甲寨上看熱鬧的人自動讓了個場地看琴花表演：「你給缺德鬼，你害了死人害活人，你炸獾咋就不炸了你，討吃哪天說不定就來勾你命了，你等著吧，不在崖下在崖上，不在明天在後天，你死了也要狼拖狗拽了你，五黃六月蛆轟了你！」

韓沖聽著身後的叫罵聲，踢著地上的石頭蛋走，腦子裡轟轟響，石頭蛋掀了腳趾甲蓋，也不覺得疼，自己說得好好的，這個傻逼就翻了臉，真是人小鬼大難招架。我操！

四

這是啞巴第一次出門，她把孩子放到院子裡，要大看著，她走上了山坡。熏風溫軟地吹著，她走到埋著臘宏的地壟頭上，墳堆有半人多高，她一屁股坐到墳堆堆上，墳堆堆下埋著臘宏，她從心裡想知道臘宏到底是不是真的去了。一直以來她覺得臘宏還活著，臘宏不要她出門，她就不敢出門。今兒，她是大著膽子出門了，出了門，她就聽到了鳥雀清脆的叫聲從山上的樹林子裡傳過來。

啞巴繞著墳堆走了好幾圈，用腳踢著墳上的土，嘴裡喃喃著一串兒話，是誰也聽不見的話。然後坐到地壟上哭。岸山坪的人都以為啞巴在哭臘宏，只有啞巴自己知道她到底是在哭啥。啞巴哭夠了對著墳堆喊，一開始是細腔兒，像唱戲的練聲，從喉管裡擠出一聲「啊」，慢慢就放開了，嗩吶的沖天調，把墳堆都能撕爛，撕得四下裡走動的小生靈像無頭的蒼蠅一樣亂往草叢裡鑽。啞巴邊喊邊大把抓了土和石塊砸墳頭，她要砸出墳頭下的人問問他，是誰讓她這麼無聲無息地活著？

遠遠地看到啞巴喊夠了像風吹著的不倒翁回到了自己的院子裡，人們的心才放到了肚子裡。啞巴取出從不捨得用的香胰子，好好洗了洗頭，洗了臉，找了一件乾淨的衣服換上出了屋門。啞巴走到粉房的門口，沒有急著要進去，而是把頭探進去看。看到韓沖用棍攪著缸裡的粉漿，攪完了，把袖子挽到臂上，拿起一張大籮開始籮漿。手在蘿裡來回攪拌著，落到缸裡的水聲嘩啦啦，嘩啦啦的響，啞巴就覺得很溫暖。啞巴大著膽子走了進去，地上的驢轉著磨道，磨眼上的玉茭塌下去了，啞巴用手把周圍的玉茭填到磨眼裡，她跟著驢轉著磨道填，轉了一圈才填好了磨頂上的玉茭。啞巴停下來抬起手聞了聞手上的粉漿味兒，是很好聞的味兒，又伸出舌頭來舔了舔，是很甜的味道，啞巴咧開嘴笑了。

這時候韓沖才發現身後不對勁，扭回頭看，看到了啞巴的笑，水光亮的頭髮，白淨的臉蛋，她還是個很年輕的女人嘛，大大的眼睛，鼓鼓的腮幫，翹翹的嘴巴。韓沖把地裡看見的啞巴和現在的啞巴做了比較，覺得自己是在夢裡，用圍裙擦著手上的粉漿說：「你到底是不是個傻啞巴。」啞巴吃驚地抬起頭看，驢轉著磨道過來用嘴頂了她一下，她的腰身嗆了一下驢的鼻子，驢打了個噴嚏，她閃了一下腰。啞巴突然就又笑了一下，韓沖不明白這個啞巴的笑到底是羊羔子瘋病的前兆，還是她就是一個愛笑的女人。

大摟著弟弟在門上看粉房裡的事情，看著看著也笑了。

啞巴走過去一下抱起來兒子，用布在身後一繞把兒子裹到了背上走出了粉房。

岸山坪的人來看啞巴，覺得這啞巴倒比臘宏活著時更鮮亮了。韓沖蘿粉，啞巴看磨，孩子在背上看著驢轉磨咯咯笑。來看她的人發現她並沒有發病的跡象，慢慢走近了互相說話，說話的聲音由小到大。誰也不知道啞巴心裡想著的事，其實她心裡想的事很簡單，就是想走近她們，聽聽她們說話。

啞巴的小兒子哼嘰嘰的要撩她的上衣，啞巴不好意思抱著孩子走了。邊走孩子邊撩，啞巴打了一下孩子的手，這一下有些重了，孩子哇的一聲哭了起來。孩子的哭聲擋住了外面的吵鬧聲音，就有一個人跟了她進了她的屋子，啞巴沒有看見，也沒有聽見。孩子抓著她的頭髮一拽一拽的要吃奶，啞巴讓他拽，你的小手才有多重，你能拽媽媽多疼。啞巴把頭抬起來時看到了韓沖，韓沖端著攤好的粉漿餅子走過來放到了啞巴面前的桌子上。說：「吃吧，斷不得營養，斷了營養，孩子長得黃寡。」

啞巴指了一下碗，又指了一下嘴，要韓沖吃。韓沖拿著鐵勺子邦邦磕了兩下子鏊蓋，指著啞巴說：「你過來看看怎麼樣攤，日子不能像臘宏過去那樣兒，要來啥吃啥，要學著會做飯，麵有好幾種做法，也不能說學會了攤餅子就老攤餅子，你將來嫁給誰，誰也不會要你坐吃，婦女們有婦女們的事情，漢們種地，婦女做飯，天經地義。」

啞巴站起來咬了一口，夾在筷子上吹了吹，又在嘴唇上試了試燙不燙，然後送到了孩子的嘴裡。啞巴咬一口餵一口孩子，眼睛裡的淚水就不爭氣的開始往下掉。韓沖把熟了的粉漿餅子鏟過來捂到啞巴碗裡，就看到了梁上有蟲子拽著絲拖下來，落在啞巴的頭髮上，一粒兩粒，蟲子在她烏黑的頭髮上一聳一聳地走。孩子抬起手從她的頭上拽下一個蝨子來，噗的一下捏死了牠，一股黃濃的汁液塗滿了孩子的指頭肚，孩子「呵呵」笑了一下抹在了她的臉上。啞巴抹了一下自己的臉，摟緊孩子捏著嗓子哭起來。

啞巴一哭，韓沖就沒骨頭了，眼睛裡的淚水打著轉說：「我把糧食給你劃過一些來，你不要怕，如今這山裡頭缺啥也不缺糧食。我就是炸獾炸死了臘宏，我也不是故意的，我給你種地，收秋，在咱的事情沒有了結之前，我還管你們。你就是想要老公家弄走我，我思謀著，我也不怪你，人得學會反正想，長短是欠了你一條命啊！你怕什麼，我們是通過村幹部簽了條子的。」啞巴搖著頭像撥浪鼓，嘴裡居然還一張一合的，很像兩個字：「不要！」

岸山坪的人啞巴不認識幾個，自打來到這裡，她就很少出門。她來到山上第一眼看到的是韓沖，韓沖給他們房子住，給他們地種，給大粉漿餅子吃，臘宏打她韓沖進屋子裡來勸，韓沖說：「衝著女人抬手算什麼男人！」女人活在世上就怕找不到一個好男人，韓沖這樣的好男人，啞巴還沒有見過。啞巴不要韓沖錢的另一層意思就是想要他管他們母女仨。

韓沖背轉身出去了，啞巴站起來在門口望，門口望不到影子了，就抱了兒子出來。她這時看到了韓沖的粉房門前站了好多人，手裡拿著布袋，看到韓沖走過去就一下圍住了他。韓沖粉房前亂哄哄的，先進去的人扛了粉麵急匆匆地出來，後邊的人嚷嚷著也要擠進去。一個女人穿著小格子褲也拿著一個布袋從崖下走上來，女人走起路來一擺一擺的，布袋在手裡晃著像舞台上的水袖。啞巴看清楚是甲寨上的琴花，琴花替她哭過臘宏，她應該感謝這個女人。

琴花上來了，韓沖他爹在家門口也看見了。昨天韓沖去借錢受了她的羞辱，今日裡她倒舞了個布袋還好意思過來，這個不要臉的娘們。一個韓沖怎麼能對付得了她，好好的三門親事都荒了，為了啥，還不是為了她。人家一聽說韓沖跟甲寨上的琴花明裡暗裡的好著，這女人對他還不貼心，只是哄著想花倆錢兒，誰還願意跟韓沖？名聲都搭進去了，韓沖還不明白就裡，我就這麼一個兒，難道要我韓家絕了戶！韓沖爹一想到這，火就起來了，他從粉房裡把韓沖叫出來，問他：「你欠不欠你小娘的粉麵？」韓沖說：「不欠。」韓沖爹說：「那你就別管了，我來對付這娘們。」

琴花過來一看有這麼多人等著取粉麵，她才不管這些，側著身子擠了進去。琴花看著韓沖爹說：「老叔，韓沖還欠我一百五十斤玉茭的粉麵，時間長了，想著不緊著吃，就沒有來取。現在他出事了，來取粉麵的人多了，總有個前後吧，他是去年就拿了我的玉茭的，一年了，是不是該還了？」

韓沖爹抬頭看了一眼琴花就不想再抬頭看第二眼了，這個女人嘴上的土眼跳躍得歡，歡得讓韓沖爹討厭。韓沖爹頭也不抬地說：「人家來拿粉麵（注：「粉麵」指玉米磨的麵，是麵粉的一種。）是韓沖打了條子的，有收條有欠條，你拿出來，不要說是去年的，前年的大前年的欠了你了照樣還。」

琴花一聽愣了，韓沖確實是拿了她一百五十斤玉茭，拿玉茭，琴花說不要粉麵了，要錢。韓沖給了琴花錢。琴花說：「給了錢不算，還得給粉麵。」韓沖說：「發興在礦上，你一個人在家能吃多少，有我韓沖開粉房的一天，就有你吃的一天。」琴花隔三差五取粉麵，取走的粉麵在琴花心裡從來不是那一百五十斤裡的數，一百五十斤是永遠的一百五十斤。孩子馬上要訂婚了，不存上些粉麵到時候吃啥，說不定哪天他要真進去了，我和誰去要！

琴花說：「韓沖和我的事情說不清楚，我大他小，往常我總擔待著他，一百五十斤玉茭還想到要打條子？不就是百把斤玉茭，還能說不給就不給了？老叔，你也是奔六十的人了，韓沖他現在在哪兒，叫他來，他心裡清楚。他要是真有個三長兩短，你說這粉麵還真想要昧了我的呢。」

韓沖爹說：「我是奔六十的人了，奔六十的人，不等於沒有七十八十了，我活呢，還要活呢，粉房開呢，還要開呢！」

看著他們倆的話趕得緊了，等著拿粉麵的人就說：「不緊著用，老叔，緩緩再說，下好的粉麵給緊著用的人拿。」說話的人從粉房裡退出來，覺得自己在這個時候來拿也沒有個啥，要這女人一點透似乎真有些不大合適，不就是幾斗玉茭的粉麵嘛。

琴花覺得自己有些丟了面子了，她在東西兩道梁上，甚時候有人敢欺負她，給她個難看？沒有！她來要這粉麵，是因為她覺得韓沖欠她的，不給粉麵罷了，還折醜人哩？

琴花說：「沒聽說還有活千年的蛤蟆萬年鱉的，要是真那樣兒，咱這圪梁上真要出妖精了。」

韓沖爹說：「現在就出妖精了還用得等！哭一回臘宏要一頭豬，旁人想都不敢想，你卻說得出口，你是他啥人呢？」

琴花說：「我不和你說，古話說，好人怕遇上個難纏的，你叫韓沖來。我倒要看他這粉麵是給啊不給？」

韓沖爹說：「叫韓沖沒用，沒有條子，不給。」

琴花想和他爹說不清楚，還不如出去找一找韓沖。

琴花用手兜了一下磨頂上放著粉麵的篩子，篩子嘩啦一下就掉了下來。琴花沒有想那篩子會掉下來，她原本只是想嚇唬一下老漢，給他個重音兒聽聽，誰知道那篩子就掉了下來。滿地上的粉麵白雪雪地淌了一地，琴花就台階下坡說：「我吃不上，你也休想吃！」

韓沖爹從缸裡提起攪粉漿的棍子叫了一聲：「反了你了！」

琴花此時已經走到院子裡，回頭一看韓沖爹要打她，馬上就坐在地上喊了起來：「打人啦，打人啦，兒子炸死討吃了，老子要打婦女啦！打人啦，打人啦！岸山坪的人快來看啦，量了人家的玉茭不給粉麵還要打人啦，這是共產黨的天下嗎？」

韓沖爹一邊往出撲一邊說：「共產黨的天下就是打下來的，要不怎麼叫打江山，今兒我就打定你了！」

啞巴不明白發生了什麼事，剛才她回家為琴花做了張粉漿餅子，端了碗站在院邊上看，碗裡的粉漿餅子散發出蔥香味兒，有幾絲兒熱氣繚繞得啞巴的臉蛋水靈靈的，啞巴看著他們倆吵架，啞巴興奮了。她愛看吵架，也想吵架，管他誰是誰非，如果兩個人吵架能互相對罵，互相對打才好。平日裡牙齒碰嘴唇的事肯定不少，怎麼說也碰不出響兒呀，日子跑掉了多少，又有多少次想和臘宏痛痛快快吵一架，吵過嗎？沒有，長著嘴卻連吵架都不能。啞巴笑了笑，回頭看每個人的臉，每個人看他們吵架的表情都不同，有看笑話的，有看稀罕的，有什麼也不看就是想聽熱鬧的，只有啞巴知道自己的表情是快樂的。

琴花還在韓沖的粉房門前嚎，看的人就是沒有人上前去拉她。琴花不可能一個人站起來走，她想總有一個人要來拉她，誰來拉她，她就讓誰來給她說理，給她證明韓沖該她粉麵，該粉麵還粉麵，天經地義。可是現在沒有一個人來拉，她瞇著眼睛哭，瞅著周圍的人，看誰來伸出一隻手。她終於看到了一個人過來了，這一下她就很塌實地閉上了眼睛——過來的人是啞巴。啞巴端了碗，碗裡的粉漿餅子不冒熱氣了。啞巴走到琴花的面前坐下來，兩手捧著碗遞到埋著頭的琴花臉前，啞巴說：「吃。」

這一個字誰也沒有聽見，有點跑風漏氣，但是，琴花聽見了。

琴花嚇了一跳，止住了哭。琴花抬起頭來看周圍的人，看誰還發現了啞巴會說話了。周圍的人看著琴花，不知道這個女人為什麼突然噤了聲！

琴花木然地接過啞巴手裡的碗，碗裡的粉漿餅子在陽光下透著亮兒，蔥花兒綠綠的，粉餅子白白的，琴花的眼睛逐漸瞪大了，像是什麼燙了她的手一下，她叫了一聲「媽呀」，端碗的手很決絕地撒開了。地上有幾隻閒散的覓食的雞，嚇得「撲稜」了幾下翅膀跑開了，扭頭看了看發現了地上的粉漿餅子，又很小心地走過來，快速叼到了嘴裡，展開翅膀跑了。琴花站起身，看著啞巴，啞巴咧開嘴笑，用手比劃著要琴花到她的屋裡去。琴花又抬起頭看周圍的人群，人們發現這琴花就是不怎麼樣，連啞巴都懂得情分，可她琴花卻不領情，連啞巴的碗都摔了。

琴花彎下腰撿起自己的麵口袋想，是不是自己聽錯了？卻覺得自己是沒有聽錯，她突然有點害怕了，一溜兒小跑下了山。岸山坪的人想，這個女人從來不見怕過什麼，今兒個怕了，怕的還是一個啞巴。真的沒明白。看著琴花那屁股上的土灰，隨著琴花擺動的屁股蛋子，一蕩一蕩的在陽光下泛著土黃色的亮光，彎彎繞繞地去了。

五

炕上的孩子翻了一下身子蹬開了蓋著的被子，啞巴伸手給孩子蓋好。就聽得大從外面蹦蹦跳跳地進來了。大說：「我有名了，韓沖叔起的，叫小書。他還說要我念書，人要是不念書，就沒有出息，就一輩子被人打，和娘一樣。」啞巴抬起頭望瞭望窗外，幽黑的天光吊掛下來，她看到大手裡拿著一包蠟燭，她知道是韓沖給的。

用麻杆點燃了蠟燭找來一個空酒瓶子把蠟燭套進去，有些鬆。她想找一塊紙，大給她拿過來一張紙，她準備捲蠟燭往裡塞時，她發現了那張紙是王胖孩給她打的條子，上面有她的簽字。她抬起手打了大一下，大扯開嗓子哭，把炕上的孩子也嚇醒了。啞巴不管，把捲在蠟燭上的紙小心纏下來，又找了一張紙捲好蠟燭塞進酒瓶裡，放到炕頭上。拿起那張條子看了半天撫展了，走到破舊的木板箱前，打開找出一個幾年前的紅色塑膠筆記本，很慎重地壓進去。啞巴就指望這條子要韓沖養活她娘母仨呢，啞巴什麼也不要！啞巴反過來摸了大的頭一下，抱起了炕上的孩子。這時候就聽得院子裡走進來一個人，是韓沖。韓沖用籃子提著秋天的玉米棒子放到屋子裡的地上，說：「地裡的嫩玉米煮熟了好吃，給孩子們解個心焦。」

韓沖說完從懷裡又掏出半張紙的蠶種放到啞巴的炕上，說：「這是蠶種，等出了蠶，你就到埋臘宏的地壟上把桑葉摘下來，用剪刀剪成細絲兒餵。」

蠶種是韓沖給琴花訂下的。琴花說：「韓沖，給我訂半張秋蠶，聽說蠶繭貴了，我心裡癢，發興不在家，你給我訂了吧。」韓沖因為和琴花有那碼子事情，韓沖就不敢說不訂。琴花就是想討韓沖的便宜，人說討小便宜吃大虧，琴花不管，討一個算一個，哪一天韓沖討了媳婦了，一個子兒也討不上了，韓沖你還能想到我琴花？現在秋蠶下來了，韓沖想，給你琴花訂的秋蠶，你琴花是怎麼樣對我的，還不如啞巴，我炸了臘宏，啞巴都不要賠償，你琴花心眼小到想要我豬啦、粉麵啦，我見了豬，豬都知道哼兩哼，你琴花見了我咋就說翻臉就翻臉了呢？

韓沖說：「一半天蠶就出來了，你沒有見過，半張蠶能養一屋子，到時候還得搭架子，蠶見不得一點兒髒東西。啞巴，你愛乾淨，蠶更愛乾淨，好生伺候著這小東西。」

啞巴想，我哪裡還知道什麼叫乾淨呀，我這日子叫愛乾淨嗎？

夜暗下來了，把兩個孩子打發睡下，啞巴開始洗刷自己。木盆裡的水氣冒上來，啞巴脫乾淨了坐進去，坐進木盆裡的啞巴像個仙女。標標致致的啞巴躬身往自己的身上撩水，蠟燭的光暈在啞巴身體上放出柔輝。啞巴透過窗玻璃看屋外的星星，風踩著星星的肩膀吹下來，天空中白色的月亮照射在玻璃上，和蠟燭融在一起，啞巴就想起了童年的歌謠：

天上落雨又打雷，
一日望郎多少回，
山山嶺嶺望成路，
路邊石頭望成灰。

蠟燭的燈撚嗶剝爆響，啞巴洗淨穿好衣服，找出來一把剪刀剪掉了蠟燭撚上的岔頭，燈撚不響了。搖曳的燈光黃黃的滿鋪了屋子，倒出去木盆裡的髒水，看到戶外夜色深濃，月亮像一彎眉毛掛在中天上，半明半暗的光影加上闃寂的氛圍，讓啞巴有點嗒然傷心，潛沈於被時間流走的世界裡，啞巴就打了個顫抖，覺得臘宏是死了，又覺得臘宏還活著，驚驚的四下裡看了一遍，她的思維在清明和混沌中半醒半夢著。走回來脫了衣裳，重新看自己的皮膚，發現烏青的黑淡了，有的地方白起來，在燈光下還泛著亮，就覺得過去的日子是真的過去了。啞巴心頭亮了一下，有一種新鮮的震驚，像一枚石頭蛋子落入了一潭久漚的水池子，泛了一點水紋兒，水紋兒不大，卻也總算擊破了一點平靜。

現在的季節是秋天，剛入秋，天到晚上有點涼，白天還是悶熱的。摸索著從窗台上找到一塊手掌大的鏡子來，舉起來看，看不清楚，鏡子上全部是灰。下地找了塊溼布子抹了兩下，越發看不清楚了。一著急就用自己的衣裳抹，抹到舉起來看能看到眉眼了，走過去舉到燈影下仰了看。慢慢地舉了鏡子往上提，看到了自己的臉，好久了不知道自己長了個啥樣，好久了自己長了個啥樣並不重要，重要的是挨了上頓打，想著下頓打，眼睛盯著個地方就不敢到處看，哪還敢看鏡子呀。

突然聽得對面的甲寨上有人篩了銅鑼喊山，邊敲邊喊：「嗚叱叱叱——嗚叱叱叱——」

山脊上的人家因為山中有獸，秋天的時候要下山來糟蹋糧食兼或糟蹋牲畜，古時傳下來一個喊山。喊山，一來嚇唬山中野獸，二來靜夜裡給遊門的人壯膽氣。當然了，現在的山上獸已經很少了，他們喊山是在嚇唬獾，防備獾趁了夜色的掩護偷吃玉茭。

啞巴聽著就也想喊了。拿了一雙筷子敲著鍋沿兒，迎著對面的鑼聲敲，像唱戲的依著架子敲鼓板，有板有眼的，卻敲得心情慢慢就真的騷動起來了，有些不大過癮。起身穿好衣服，覺得自己真該狂喊了，衝著那重重疊疊的大山喊！找了半天找不到能敲響的家什，找出一個新洋瓷臉盆。這個臉盆兒是從四川挑過來的，一直不捨得用。臉盆的底兒上畫著紅鯉魚嬉水，兩條魚兒在臉盆底兒上快活地等待著水。啞巴就給它們倒進了水，燈暈下水裡的紅鯉魚扭著腰身開始晃，啞巴彎下腰伸進去手攪啊攪，攪夠了掬起一捧來抹了一把臉，把水潑到了門外。啞巴找來一根棍，想了想覺得棍兒敲出來的聲音悶，提了火台邊上的鐵疙瘩火柱出了門。

山間的小路上走著想喊山的啞巴，滾在路面上的石頭蛋子偶爾磕她的腳一下；偶爾，會有一個地老鼠從草叢中穿過去；偶爾，悽惶中的疲憊與掙扎，讓啞巴想愜意一下，啞巴仰著臉笑了。天上的星星眨巴了一下眼睛，天上的一勾彎月穿過了一片兒雲彩，天上的風落下來撩了她的頭髮一下，這麼著啞巴就站在了山圪梁上了。對面的銅鑼還在敲，啞巴舉起了臉盆，舉起了火柱，張開了嘴，她敲響了。

「噹！」

新臉盆兒上的瓷裂了，啞巴的嘴張著卻沒有喊出來，「噹！」裂了的碎瓷被火柱敲得濺起來，濺到了啞巴的臉上，啞巴嘴裡發出了一個字「啊！」接著是一連串的「噹噹噹——」「啊啊啊——」從山圪梁上送出去。啞巴在喊叫中竭力記憶著她的失語，沒有一個人清楚她的傷感是抵達心臟的。她的喊叫撕裂了濃黑的夜空，月亮失措地走著、顛著，跌落到雲團裡，她的喊叫爬上太行大峽谷的山骨把山上的植被毛骨悚然起來。直到臉盆被敲出了一個洞，敲出洞的臉盆兒瘖啞下來，一切才瘖啞下來。

啞巴往回走，一段一段地走，回到屋子裡把門關上，啞巴才安靜了下來，啞巴知道了什麼叫輕鬆，輕鬆是幸福，幸福來自內心的快樂的芽頭兒正頂著啞巴的心尖尖。

六

韓沖趕了驢幫啞巴收秋地裡的糧食。驢脊上搭了麻繩和布袋，韓沖穿了一件紅色球衣（注：「球衣」指內衣，地方話。）牽了驢往岸山坪的後山走。這一塊地是韓沖不種了送給臘宏的，地在莊後的孔雀尾上，臘宏在地裡種了穀。齊腰深的黃綠中韓沖一縱一隱地揮舞著鐮刀，遠遠看去風騷得很。看韓沖的人也沒有別的人，一個是啞巴，一個是對面甲寨上的琴花。琴花自打那天聽了啞巴說話，琴花回來幾天都沒有張嘴。琴花想，啞巴到底不是啞巴，不是啞巴她為啥不說話？琴花和發興說。

發興說：「你不說沒有人說你是啞巴，啞巴要是會說話，她就不叫啞巴了，人最怕說自己的短處，有短處由著人喊，要嘛她就是個傻子，要嘛就像我一樣由了人睡我自己的老婆，我還不敢吭個聲。」

琴花從床上坐起來一下摟了發興的被子，琴花說：「說得好聽，誰睡我了？我還不是為了這個家，你少啥了？倒有你張嘴的分了！你下，你下，你下！」琴花的小短腿小胖腳三腳兩腳就把發興蹬下了床。發興光著身子坐在地上說：「我在這家裡連個帶軟刺兒的話都不敢說，旁人還知道我是你琴花的漢們，你倒不知道心疼，我多會兒管你了？啥時候不是你說啥就是啥。我就是放個屁，屁眼兒都只敢裂開個小縫，眼睛看著還怕嚇了你，你要是心裡還認我是你男人你就拽我起來，現在沒有別人，就咱倆，我給你胳臂你拽我？」

琴花伸出腳踢了發興的胳臂一下，發興趕緊站了起來往床上爬，琴花反倒賭氣摟了被子下了床到地上的沙發上睡去。琴花憋屈得慌就想見韓沖，想和韓沖說啞巴的事情。

琴花有琴花的性格，不記仇。琴花找韓沖說話，一來是想告訴他啞巴會說話，她裝著不說話，說不定心裡嘔著事情呢，要韓沖防著點；二來是秋蠶下來了，該領的都領了，怎麼就不見你給我訂的那半張？站在崖頭上看韓沖粉房一趟，啞巴家一趟，就是不見韓沖下山。現在好不容易看到韓沖牽了驢往後山走了，就盯了看他，看他走進了谷地，想他一時半會也割不完，進了院子裡挎了個籃子，從甲寨上繞著山脊往對面的鳳凰尾上走。

韓沖割了五個穀捆子了，坐下來點了根菸看著五個穀捆子抽了一口。韓沖看穀捆子的時候眼睛裡其實根本就看不見穀捆子，看見的是臘宏。臘宏手裡的斧子，黃寡様，啞巴，大和他們的小兒子。這些很明確的影像轉化成了一遝兩遝子錢。韓沖想不清楚自己該到哪裡去借，村幹部王胖孩說：「收了秋，鐵板上定釘。」韓沖盤算著爹的送老衣和棺材也搭裡了。給不了人家兩萬，還不給一萬？啞巴夜裡的喊山和狼一樣，一聲聲叫坐在韓沖心間，韓沖心裡就想著兩個字「虧欠」。啞巴不哭還笑，她不是不想哭，是憋得沒有縫兒，昨天夜裡她就喊了，就哭了。她真是不會說話，要是會，她就不喊「啊啊啊」，喊啥？喊琴花那句話：「炸獾咋不炸了你韓沖！」咱欠人家的，這個「欠」字不是簡單的一個欠，是一條命，一輩子還不清，還一輩子也造不出一個臘宏來。韓沖狠狠掐滅菸頭站起來開始準備割穀子。站起來的韓沖聽到身後有沙沙聲穿過來，這山上的動物都絕種了，還有人會來給我韓沖幫忙？韓沖挽了挽袖管，不管那些個，往手心裡吐了一口唾沫彎下腰開始割穀子。

韓沖割得正歡，琴花坐下來看，風送過來韓沖身上的汗臭味兒。琴花說：「韓沖，真是個好勞力啊。」韓沖嚇了一跳抬起身看地壟上坐著的琴花。琴花說：「隔了天就認不得我了？」韓沖彎下腰繼續割穀子，倒伏在兩邊的穀子上有螞蚱蹦起蹦落。琴花揪了幾把身邊長著的豬草不看韓沖，看著身邊五個穀捆子說：「啞巴她不是啞巴，會說話。」韓沖又嚇了一跳，一鐮沒有割透，用了勁拽，拽得猛了一屁股閃在了地上。韓沖問：「誰說的？」琴花說：「我說的。」韓沖拾起屁股來不割穀子了，開始往驢脊上放穀捆。韓沖說：「你怎麼知道的？」琴花說：「你給我訂的半張蠶種呢？你給了我，我就告訴你。」韓沖說：「胡球日鬼我，你不要再扯淡！咱倆現在是兩不欠了。」

韓沖捆好穀子，牽了驢往岸山坪走。琴花坐下來等韓沖，五個穀捆子在驢脊上聳得和小山一樣，琴花看不見韓沖，看見的是穀捆子和驢屁股。看到地裡掉下的穀穗子，撿起來丟進了籃子裡。想了什麼站起來走到韓沖割下的穀穗前用手折下一些穀穗來放進籃子裡，籃子滿了，看上去不好看，四下裡拔了些豬草蓋上。琴花想穀穗夠自己的六隻母雞吃幾天，現在的土雞蛋比洋雞蛋值錢，自己兩個兒，比不得一兒一女的，兩個兒子說一說媳婦，不是給小數目，得一分一釐省。

韓沖牽了驢牽到啞巴的院子裡，啞巴看著韓沖進來了，趕快從屋子裡端出了一碗水，遞上來一塊溼手巾。韓沖摸了一把臉接過來碗放到窗台上，往下卸驢脊上的穀捆。這麼著韓沖就想起了琴花說的話：啞巴會說話。韓沖想試一試啞巴到底會不會說話。韓沖說：「我還得去割穀穗，你到院子裡用剪刀把穀穗剪下來，你會不會剪？」半天身後沒有動靜。韓沖扭回頭看，看啞巴拿著剪刀比劃著要韓沖看是不是這樣兒剪。韓沖說：「你穿的這件魚白方格秋衣真好看，是從哪裡買來的？」啞巴不好意思地低下頭，抬起來時看到韓沖還看著她，臉蛋上就掛上了紅暈，低著頭進了屋子裡半天不見出來。韓沖喝了窗台上的水，牽了驢往鳳凰尾上走。韓沖胡亂想著，滿腦子就想著一個人，嘴裡小聲叫著：「啞巴——紅霞。」就聽得對面有人問：「看上啞巴啦？」

一下子壞了韓沖的心情。韓沖說：「你咋沒走？」琴花說：「等你給我蠶種。」韓沖說：「你要不害丟人敗興，我在這鳳凰尾上壓你一回，對著驢壓你。你敢讓我壓你，我就敢把豬都給你琴花趕到甲寨上去，管她啞巴不啞巴，半張蠶種又算個啥！」

琴花一下子臉就紅了，彎腰提起放豬草的籃子狠狠看了韓沖一眼扭身走了。

韓沖一走，啞巴盤腿裸腳坐在地上剪穀穗，穀穗一嘟嚕一嘟嚕脫落在她的腿上，腳上，啞巴笑著，孩子坐在穀穗上也笑著。啞巴不時用手刮孩子的鼻子一下，啞巴想讓孩子叫她媽，首先啞巴得喊「媽」，啞巴張了嘴喊時，怎麼也喊不出來這個「媽」。

啞巴小的時候，因為家裡孩子多，上到五年級，她就輟學了。她記得故鄉是在山腰上，村頭上有家糕團店，她背著弟弟常常到糕團店的門口看。糕團子剛出蒸籠時的熱氣罩著掀籠蓋的女人，蒸籠裡的糕團子因剛出籠，正冒著泡泡，小小的，圓圓的，尖尖的，泡泡從糕團子中間噗地放出來，慢吞吞地鼓圓，正欲朝上滿溢時，掀籠蓋的女人用竹鏟子拍了兩下，糕團子一個一個就收緊了，等了人來買。弟弟伸出小手說要吃，她往下嚥了一口唾沫，店舖裡的女人就用竹鏟子鏟過一塊來給她，糕團子放在她的手掌心，金黃色透亮的糕團子被弟弟一把抓進了嘴裡燙得哇哇喊叫，她舔著手掌心甜甜的香味兒看著賣糕團子的女人笑。女人說：「想不想吃糕團子？」她點了一下頭。女人說：「想吃糕團子，就送回弟弟去，自己過來，我管包你吃個夠。」她真的就送回了弟弟，背著娘跑到了橋頭上。

橋頭上停著一輛紅色的小麵包車，女人笑著說：「想不想上去看一看？」她點了一下頭。女人拿了糕團子遞給她，領她上了麵包車。麵包車上已經坐了三個男人。女人說：「想不想讓車開起來，你坐坐？」她點了一下頭。車開起來了，瘋一樣開，她高興得笑了。當發現車開下山，開出溝，還繼續往前開時，她臉上的笑凝住了，害怕了，她哭，她喊叫。

她被賣到了一個她到現在也不清楚的大山裡。月亮升起來時一個男人領著她走進了一座房子裡，門上掛著布門簾，門檻很高，一隻腳邁進去就像陷進了坑裡。一進門，眼前黑乎乎的，拉亮了燈，紅霞望著電燈泡，想盡快叫那少有的光線將她帶進透亮和舒暢之中，但是，不能。她看到幽暗的牆壁上有她和那個男人拉長又折斷的影子。她尋找窗戶，她想逃跑，她被那個男人推著倒退，退到一個低窪處，才看到了幾件家具從幽暗處突顯出來，這時，火爐上的水壺響了，她嚇了一跳，同時看到了那個男人把幽暗都推到兩邊去的微笑，那個男人的眼睛抽在一起看著她笑。她哆嗦地抱著雙肘縮在牆角上，那個男人拽過了她，她不從，那個男人就開始動手打她——紅霞後來才知道臘宏的老婆死了，留下來一個女孩——大。大生下來半年了，小腦袋不及男人的拳頭大，紅霞看著大想起了自己的弟弟。在這個被禁錮了的屋子裡她百般呵護著大，大是她最溫暖的落腳地，大喚醒了她的母性。紅霞知道了人是不能按自己的想像來活的，命運把你拽成個啥就只能是個啥。她一腳踏進去這座老房子，就出不來了，成了比自己大二十歲的臘宏的老婆。

一個秋天的晚上，她晃悠悠的出來上廁所，看到北屋的窗戶亮著，北屋裡住著臘宏媽和他的兩個弟弟。北屋裡傳出來哭聲，是臘宏媽的哭聲，她看不見裡面，聽得有說話聲音傳出來。

臘宏媽說：「你不要打她了，一個媳婦已經被你打死了，也就是咱這地方女娃兒不值錢，她給咱看著大，再養下來一個兒子，日子不能說壞了，下邊還有兩個弟弟，你要還打她，就把她讓給你大弟弟算了，娘求你，娘跪下來磕頭求你。」果真就聽見跪下來的聲音。

紅霞害怕了，哆嗦著往屋子裡返，慌亂中碰翻了什麼，北屋的房門就開了，臘宏走出來一下揪住了她的頭髮拖進了屋子裡。

臘宏說：「龜兒子，你聽見什麼了？」

紅霞說：「聽見你娘說你打死人了，打死了大的娘。」

臘宏說：「你再說一遍！」

紅霞說：「你打死人了，你打死人了！」

臘宏翻轉身想找一件手裡要拿的傢伙，卻什麼也沒有找到，看到櫃子上放著一把老虎鉗，順手鉤了過來扳倒紅霞，用手捏開她的嘴揪下了兩顆牙。紅霞殺豬似的叫著，臘宏說：「你還敢叫？我問你聽見什麼了？」紅霞滿嘴裡吐著血沫子說不出話來。

還沒有等牙床的腫消下去，臘宏又犯事了。日子窮，他合夥和人用洛陽鏟盜墓，因為搶一件瓷瓶子，他用洛陽鏟鏟了人家。怕人逮他，他連夜收拾家當帶著紅霞跑了。賣了瓷瓶子得了錢，他開始領著她們打一槍換一個地方。臘宏說：「你要敢說一個字兒，我要你滿口不見白牙。」

從此，她就寡言少語，日子一長，索性便再也不說話了。

啞巴聽到院子外面有驢鼻子的響聲，知道是韓沖割穀穗回來了。站起身抱著睡熟了的孩子放回炕上，返出來幫韓沖往下卸穀捆。韓沖說：「我褲口袋裡有一把桑樹葉子，你掏出來剪細了餵蠶。」啞巴才想起那半張蠶種怕孩子亂動放進了篩子裡沒顧上看。掏出葉子返進屋子裡端了篩子出來，把剪碎的桑葉撒到上面，看到密密的蠶蛹心裡就又產生了一種難以割捨的心癢。遊走在外，什麼時候啞巴才覺得自己是活在地上的一個人兒呢？現在才覺得自己是活在地上的一個人！

心裡深處汩汩奔著一股熱流，與天地相傾、相訴、相容，她想起小時候娘說過的話：天不知道哪塊雲彩下雨，人不知道走到哪裡才能落腳，地不知道哪一季會甜活人呀，人不知道遇了什麼事情才能懂得熱愛。

啞巴看著韓沖心裡有了熱愛他的感覺。

七

蠶脫了黑，變成棕黃，變成青白，蠶吃桑葉的聲音——沙沙，沙沙，像下雨一樣，席子上是一層排泄物，像是黑的雪。

日子因蠶的變化而變化。眼看著一概肉乎乎蠕動的蠶真的發展起來，就不是篩子能放得下了。韓沖拿來了葦席，搭了架子，韓沖有時候會拿起一隻身子翻轉過來的蠶嚇唬啞巴，啞巴看著無數條亂動的腿，心裡就麻抓而慌亂，繞著葦席輕巧快樂地跑，笑出來的那個豁著牙的咯咯聲一點都不像一個啞巴。韓沖就想琴花說過的話：「啞巴她不是啞巴。」啞巴要真不是啞巴多好，可是她現在卻不會說話，不是啞巴她是啥！

韓沖端了一鍋粉漿給啞巴送。送到啞巴屋子裡，啞巴正好露了個奶要孩子吃。孩子吃著一個，用手拽著一個，看到韓沖進來了，斜著眼睛看，不肯丟掉奶頭，那奶頭就拽了多長。啞巴看著韓沖看自己的奶頭不好意思的背了一下身子。韓沖想：我小時候吃奶也是這個樣子。韓沖告訴啞巴：「大不能叫大，一個女娃家要有個好聽的名子，不能像我們這一代的名字一樣土氣，我琢磨著要起個好聽的名字，就和莊上的小學老師商量一下，想了個名字叫『小書』，你看這個名字咋樣兒？那天我也和大說了，要她到小學來念書，小孩子家不能不念書。我爹也說了，餓了能當討吃；沒文化了，算是你哭爹叫娘討不來知識。呵呵，我就是小時候不想念書，看見字稠的書就想起了夏天一團一蛋的蚊子。」

韓沖說：「給你的錢，我盡快給你湊夠，湊不夠也給你湊個半數。不要怕，我說話算數。你以後也要出去和人說說話，哦，我忘了你是不會說話的。琴花說你會說話，其實你是不會說話。」

啞巴就想告訴韓沖她會說話，她不要賠償，她就想保存著那個條子，就想要你韓沖。韓沖已經走出了門，看到凌亂的穀草堆了滿院，找了一把鋤來回摟了幾下說：「穀草要收拾好了，等幾天蠶上架織繭時還要用。」

說完出了大門，韓沖看到大爬在村中央的碾盤上和一個叫濤的孩子下「雞毛算批」。這種遊戲是在石頭上畫一個十字，像紅十字協會的會標，一個人四個子兒，各擺在自己的長方形橫豎線交叉點上。先走的人拿起子兒，嘴裡叫著雞毛算批，那個「批」字正好壓在對方的子上，對方的子就批掉了。雞毛算批完一局，大說：「給？」濤說：「再來，不來不給。」大說：「給？」濤說：「沒有，你不下了，不下了就不給。」大說：「給？」濤學著大把眼睛珠子抽在一起說：「給？」說完一溜煙跑了。韓沖走過去問大：「他欠你什麼了？我去給你要。」大翻了一眼韓沖說：「野毛桃。」韓沖說：「不要了，想要我去給你摘。」大一下哭了起來說：「你去摘！」韓沖想，我管著你娘母仨的吃喝拉撒，你沒有爹了我就是你的臨時爹，難道我不應該去摘？韓沖返回粉房揪了個提兜溜達著走進了莊後的一片野桃樹林。野桃樹上啥也沒有，樹枝被害得躺了滿地。韓沖往回走的路上，腦裡突然就有一棵野毛桃樹閃了一下，韓沖不走了仄了身往後山走。拽了荊條溜下去，溜到下套子的地方，用腳來回量了一下發現正前方正好是那棵野毛桃樹。韓沖坐下來抽了一根菸，明白了臘宏來這深溝裡幹啥來了。

來給他閨女摘野毛桃來了。韓沖想：是咱把人家對閨女的疼斷送了，咱還想著要山下的人上來收拾走她們娘母仨。韓沖照臉給了自己一巴掌，兩萬塊錢賠得起嗎？搭上自己一生都不多！韓沖抽了有半包菸，最後想出了一個結果：拚我一生的努力來養你母女仨！就有些興奮，就想現在就見到啞巴和她說，他不僅要賠償她兩萬，甚至十萬，二十萬，他要她活得比任何女人都快活。

天快黑的時候，從山下上來了幾個警察，他們直奔韓沖的粉房。韓沖正忙著，抬頭看了一眼，從對方眼睛裡覺出不對。韓沖下意識地就抬起了腿，兩個警察像鷹一樣地撲過來掀倒了他，他聽到自己的胳臂的關節嘐叭叭響，然後就倒栽蔥一樣被提了起來。一個警察很利索地抽了他的褲帶，韓沖一隻手抓了要掉的褲子，一隻手就已經戴上了手銬。完了完了，一切都他媽的完蛋了。

審問在韓沖的院子裡，韓沖的兩隻手銬在蘋果樹上，褲子一下子就要掉下來，警察提起來要他肚皮和樹挨緊了。韓沖就挨緊了，不挨緊也不行，褲子要往下掉。一個男人要是掉了褲子，這一輩子很可能和媳婦無緣了。蘋果樹旁還拴了磨粉的驢，驢扭頭看著韓沖，驢想不知道因為什麼主人會和自己拴在一起。驢嘴裡嚼著地上的草，嘴片兒不時還打著很有些意味的響聲。

警察問了：「你叫臘宏？」

韓沖說：「我叫韓沖，不叫臘宏。我炸獾炸死了臘宏。」

警察說：「這麼說真有個叫臘宏的？他是從四川過來的？」

韓沖說：「是四川過來的。」

警察說：「你只要說是，或者不是。你炸獾炸死了人？」

韓沖說：「是。」

警察說：「為什麼不報案？」

韓沖看著警察說：「是或者不是，我該怎麼說？」

警察說：「如實說。」

韓沖說：「獾害糧食，我才下套子炸獾。炸獾和網兔不一樣，獾有些分量不下炸藥不行，我下了深溝裡。那天我聽到溝裡有響聲泛上來，以為炸了獾，下去才知道炸了人。把他背上來就死了。人死了就想著埋，埋了人就想著活人，沒想那麼多。況且說了，山裡的事情大事小事沒有一件見官的，都是私了。」

警察說：「這是刑事案件，懂不懂？要是當初報了案，現在也許已經結了案，就因為你沒有報案，我們得把你帶走。你這愚蠢的傢伙！」

韓沖傻瞪了眼睛看，看到岸山坪的幾位長輩和警察在理論。

韓沖斜眼看到岸山坪的人圍了一圈，看到他爹拄了拐棍走過來，韓沖爹看到韓沖，臉上霎時就掛下了淚水，韓沖一看到他爹哭，他也哭了，淚水掉在濺滿粉漿的衣裳上。韓沖說：「爹，我對不住你，用你的棺材埋了人，用你的送老衣送了葬，臨了，還要讓老公家帶走，我對你盡不了孝了。爹呀，你就當沒有我這個兒子算了。」

韓沖爹用拐杖敲著地說：「我養了你三十年，看著你長了三十年，你娘死了十年，我眼看著養著個兒，說沒有養就沒有養，說沒有長就沒有長了？你個畜生東西！」

韓沖看到王胖孩大步走小步跑地迎過來，邊走邊大聲問：「哪個是刑警隊長同志，哪個是？」

看到韓沖旁邊站著的警察趕快走過來一人遞了一根菸，點了點腰說：「屋裡說，屋裡說。」一干人就進了韓沖的粉房。

韓沖摟著蘋果樹，看身邊的驢，耳朵卻聽著屋子裡。屋門口圍了好多大人小孩，屋外的警察走過來把他們驅散開，韓沖不敢扭頭看，怕一下子扭不對了褲子會掉下來。就聽得屋子裡的人說：「我們是來抓臘宏的，你把臘宏的具體情況說一下。」村幹部說：「這個臘宏我不大清楚，畢竟他不是我的村民，我給你們找一個人進來說。」村幹部王胖孩走出來，踮著腳尖瞅了一圈岸山坪的人，指著韓沖爹很是神祕地說：「你，過來。」韓沖爹就走了過來。王胖孩小聲說：「不是抓韓沖，誤會了，是抓臘宏。逃亡在外的大殺人犯，炸死了，韓沖說不定還要立功。你進去反映一下臘宏的情況，如實的基礎上不妨帶點兒色。」重重拍了拍韓沖爹的脊背。

兩人走了進去，接下來的話就有些聽不大清楚。隔了一會兒又聽得有話傳出來：「真要是說上邊查下來，你這個代表一級政府的村幹部也得玩完。」「是是是！」外面的人吵得亂哄哄的，有說臘宏是在逃犯，有說韓沖炸他炸對了，就把屋裡的說話壓了下去。聽不見說話聲，韓沖就看驢，驢也看他，互看兩不厭。

韓沖想：驢就是安分，人就不如驢安分，驢每天就想著轉磨道，太陽落了太陽升，太陽拖著時間從窗戶上扔進來，驢傻傻地轉著磨道想太陽閃過磨眼了，落下磨盤了，驢蹄踩著太陽了，摘了捂眼就能到蘋果樹下吃料了，青草兒青，青草兒嫩啊。驢也想韓沖，別看他平日裡噓呼我，現在和我一樣兒拴在樹上了，我的四條蹄子還可以動一動，他連動都不敢動，他一動旁邊的那個人就用他的褲帶抽他。哈哈，人和驢就是不一樣，驢不整治驢，人卻整治人，以前你韓沖噓呼我，可算是有人要噓呼你了，替我出了惡氣。驢這麼著想著就想叫，就想喊了。

「哥哦哥，哥哦哥，哥哦哥——」

驢不管不顧不看眼色的喊叫，帶動著萬山回應，此起彼伏，把人的說話聲壓了下去，良久方歇。

不大一會兒，粉房裡的人都出來了。警察遞給村幹部韓沖的褲帶，村幹部王胖孩走過去給韓沖塞到褲襻裡，緊了褲，韓沖才離開了緊靠著的蘋果樹。一個警察過來打開了韓沖的手銬，並沒有放韓沖，而是讓他從樹上脫下手來，又銬上了，要韓沖走。韓沖知道自己是非走不行了。走到爹面前停下來，腿不由自主的跪了下來，安頓了幾句粉房的事情，最後說：「啞巴的蠶眼看要上架了，上不去的要人幫助往上撿，她一個婦女家，平常清理蠶屎都害怕，爹，就代替我幫她一把，咱不管他臘宏是個啥東西，咱炸了人家了，咱就有過。」

韓沖爹說：「和爹一樣，嘴硬骨頭軟，一輩子脖子根上就缺個東西，啥東西？軟硬骨頭。」

韓沖抬了腳要下岸山坪的第一個石板圪台的時候，身後傳來一聲喊：「不要！」

岸山坪的人齊刷刷把小腦袋瓜扭了過來，看到了啞巴抱著孩子，牽著小書往人跟前跑。

警察不管那個女人是誰，只管帶了人走。韓沖任由推著，腦海裡就想著一句琴花的話：啞巴她會說話！啞巴她真會說話！

八

啞巴手裡拿著那張條子，走過去拽住村幹部王胖孩。

啞巴比劃著的意思是：你打了條子的，怎麼說把人帶走就帶走了，要你這村幹部做啥？

王胖孩說：「說，說！你明明會說話，要我拐著彎子辦事，你要是早說話，咱還用打條子？」

啞巴半天憋得臉兒通紅了才憋出一個字：「不。」

王胖孩說：「那你現在是哪裡在發聲兒？」

啞巴哭了，低著頭看著自己的腳尖尖，十年了，失語十年了，很難面對一張嘴巴迎出一句話來，她的話被切斷了，十年來過的日子可以用兩個字來概括：疼痛和絕望。韓沖爹走過去拉了小書的手和王胖孩說：「要她跟著個殺人犯逃命，還要說話，絕了話好！」

外面傳得啞巴會說話，但啞巴還是不說話。

韓沖爹找來村上的一個人要他來看一天粉房，他想進城裡去看看韓沖。

韓沖爹說：「你只用把火看好，不要讓火滅了，火好粉才好乾透，下來的粉麵才不怕老漿臭，老漿臭的粉麵不出貨，還不夠精到，誰也不想要。午後餵一次豬，七、八頭豬要吃三桶粉渣，你做好這兩項就好了，我搭黑就會回來。」

韓沖爹第二天就進了城裡。在看守所裡見到了韓沖，知道還在調查中。韓沖的雷管從哪裡來的？琴花給的。琴花的雷管從哪裡來的，發興從礦上取回來的。發興從礦上哪裡拿的，從他的保管兒子的倉庫裡找的。這樣下來一件事情就拉長了戰線。現如今才調查到了礦上，發興的兒也被看守起來了。

韓沖問他爹粉房的事情，他爹說：「好好，都好。那啞巴是真會說話。」

韓沖說：「會說話就好。」

韓沖爹瞅了韓沖一眼沒吭聲。

韓沖覺得有一句話憋在嘴裡想說，卻又不知道該怎麼說，就說了：「回去安頓啞巴，就說我要她說話！」

韓沖爹啥話也沒有說，點了一下頭扭身走了。

回到岸山坪，看到家戶都黑了燈了，唯有粉房亮著燈，村人正把火上烤的粉往下卸，一塊一塊的打碎。村人的身影映在牆上像個小山包。一伸一縮的，在黑黝黝的山梁上看著這麼點兒光亮，這麼點兒晃動的影子，心裡酸酸的，那個人就是我啊，我在替我兒子還債哩。

韓沖爹掏出兩盒菸走進門放到磨頂上，說：「小老弟，舀一鍋漿拿兩包菸，我搭黑了，你也辛苦了。」村人說：「誰家裡不遇給難事，說啥客氣話嘛。」

韓沖爹覺得門外有個東西晃，反身走出去，看到是啞巴。韓沖爹看著啞巴半天說了一句：

「韓沖要你說話。」

月光下，啞巴的嘴唇蠕動著，她感到了一種前所未有的東西撞擊著她的喉管，她做了一個惡夢，突然被一個人叫醒了，那種生死兩茫茫的無情的隔離隨即就相通了。

秋天的尾聲是悄無聲息的。蠶全部上了架，蠶在穀草上織繭，啞巴看蠶吐絲看累了想到外面走走。因為長年閉門在家，很少到山間野地晃蕩，深秋是個什麼樣子她還真是不怎麼樣知道。山頭上的陽光由赤紅褪成了淡黃，抱了孩子站在崖頭上望，看到所有在地裡勞作的農民臉上掛了喜悅色彩。啞巴想，在地裡勞動真好啊。四處看去，但見天穹明淨高遠，少許白雲似有若無，望過去顯得開闊而清爽。之後山風湧動涼意漸生。她在粉房裡看著驢磨著泡軟的玉茭從磨眼裡碎成漿磨下來，就是看不到韓沖。看到岸山坪的人們一挑一挑的往家挑糧食，就是沒有韓沖。啞巴的心裡顫顫地有說不出來的東西哽在喉頭。啞巴回頭教孩子說話。

啞巴說：「爺爺。」

孩子說：「爺爺。」

秋雨開始下了，綿綿密密地下個不停，泥腳、牆根、屋子裡淤滿黴味和潮氣。天晴的時候，屋外有陽光照進來，啞巴不叫啞巴了叫紅霞，紅霞看到屋子外的陽光是金色的。

甩鞭

一

麻五早上被農會的人帶走，到現在沒有回來。坐在炕頭的王引蘭心裡有一點抓撓得慌。窗外青山被秋風吹得惑亂起來，心裡就亂成了一團麻。外面突然熱鬧了，王引蘭跳下炕，不假思索開了門，她不是想看熱鬧，只是感覺那熱鬧是奔著她來。倒吸了一口涼氣心也就懸了起來。看見一干人抬著麻五跑進來，麻五被撂到炕上時，臉黃蠟蠟的，農會來人說：「麻五死了，找人打發吧。」王引蘭感覺那顆心一下掉到了腔子外。一把揪住早上帶走麻五的人。

「早上走時好好的，怎麼就死了，你給我說說清楚！」

「他在高台上站著軟了下來，我們的人上去看，早沒氣了。」

「怎麼站著就軟了下來？鬥他又不是一天兩天了！」

「反正是軟了下來。」來人梗了一下脖子又說：「他的臉泛黃，有汗流下，大口的出氣，出著出著就軟下來了。」

「出殯吧，人已經死了，還計較什麼死活。」

王引蘭鬆開了手：「人死了我才計較，人活著還計較什麼？我倒要問問去！」

「還敢去問，風口浪尖上，不怕給你再定一個罪？」

「如今，眼下，我還怕什麼怕？你們說！」王引蘭的聲音像是從鐵砧上發出來的。

所有的人木然地看著王引蘭，王引蘭在麻五身邊站著，腿一軟整個身體就出溜了下來，她細絲樣的呵出了聲音，那聲音拖著民歌小調的韻腳在麻五身上起伏。天真的要塌了，怎麼說走就走了呢？她心裡裝滿的希望頃刻化為烏有。王引蘭想不出該做什麼，定定看著麻五溼了一大片的褲襠。

王引蘭站起身從木板箱裡找出一條棉褲，想給麻五換上。除了棉褲之外竟然找不到其他可穿的衣褲，衣服都被貧下中農分走了。

沒有費很大勁脫下了麻五鬆鬆垮垮的褲，看到麻五麻杆樣的腿羅圈著。倏然，那中間地段有一個黑色的東西，把臉挨過去，看到兩個蛋腫脹得像成熟的大毛桃，根部被一條麻繩緊勒著，循著麻繩看到下端墜著一個秤砣，王引蘭大叫一聲著實跌坐在了地上。

窯內的世界鬧得很，但是，對王引蘭空洞的大腦來說一切似乎已經都與她無關。

王引蘭站起來，想了想，還是要找農會。一把抓了農會來人堅決要去。來人躬著腰說：「你去找要怎麼說？麻五墜了秤砣？有臉說？自己的物件誰能給他繫上，要繫也只能是你，要不、要不也只能是他自己了，自己想到富貴到頭了也就一了百了了。」

王引蘭說：「放屁崩出屎來了，麻五就算是想死也不會是這個死法！」

窯莊人都知道麻五是被秤砣墜死的，如果不是麻五自己墜的，那麼，是誰把秤砣給麻五拴上去的呢？麻五已經死了，死無對證，誰會跑出來說。

二

窯莊，最早的時候是李村李姓家族的磚窯。有人在窯上住下，慢慢的就擴展開，後來有人叫起了窯莊。麻五是窯莊的富戶，最早的時候麻五是靠了兩頭毛驢起家，從高平關馱煤回來然後賣給李村和窯莊的用戶。那時候用煤的還不多，大部分是燒柴火。麻五看到城市裡的人燒木炭就動了心事，他發動窯莊人把上好的柴砍回來在廢棄的窯內燒好，拉到城市裡去賣。起早搭黑的麻五不幾年口袋鼓了，不僅有幾十畝原地、大家宅院、長工短工，而且有羊和馬車，佔去了窯莊大部地產。土財主麻五，始終過著比普通人家還要「苛」的生活。無論寒冬炎暑，一身布衣，每日雞叫起身，除了進城送木炭，就和雇工一起下地勞作。富了的麻五雖然從思想上依舊認識到自己是個鄉下人，但這並不影響可以具有富人那樣的消費觀和價值觀，麻五首先想到的就是添妻。

添妻的事不是說了就能辦，要出銀子。方圓八鄉十里人聽說麻五添妻就有媒人來找，能夠門當戶對合麻五心思的找起來還真是少。麻五希望人要標致，銀子還得少要，這很難辦。麻五說：「緩著來，緩著來，路到頭總有河。」

麻五長得細瘦，小眼睛，肉頭鼻子，整個五官看上去有點不成比例。麻五的原配夫人是本地前莊倪姓家的女兒叫倪六英，如她的名字一樣是排行老六。以倪六英的容貌，麻五見了世面後就覺得不太理想。矮矬個子，滿臉鄉下人才有的潮紅，說話時每句話的尾音帶著一個「哦」字。假如說麻五是一個一輩子也沒有出過山的農民倒好說，關鍵是麻五是見了世面的人。麻五如果僅停留在食不果腹的基礎上那也好說，問題是麻五小富思淫慾，一直在心裡擱著這事。

麻五是在一個多雲有雨的日子從山外領回王引蘭。那天，十七歲的王引蘭坐著麻五的馬車從山口進來，眼看著要下雨，車跑得飛快，王引蘭用手抓著車幫，身體像風中的小草很急促地搖來倒去。麻五揮動著鞭子一聲緊一聲地吆喝著頭馬。

「快到了吧，快到了吧。」王引蘭說。

麻五說：「就到，就到。看見了嗎，那個莊，那個高樓就是我的屋，我的屋叫高樓院。」

王引蘭順著麻五的指頭看到半山腰上有一個小莊炊煙嫋嫋，有一座樓房明顯凸起來，比其他土房相對有些氣派。倏然風就吹散了她的頭髮，王引蘭輕聲「呀」了一聲，麻五回頭看了一眼心裡生出了幾分情感，想：這小女人，這小祖宗，我麻五不花錢搞到了一個粉娘，真要過兩天快活光景了。

三

王引蘭是晉王城裡李府的丫頭，十一歲上和母親從安徽來晉王城討飯，三塊大洋被李府買過來。娘走時安頓她說：「娘到你婚嫁年齡來贖你，你要好好活著啊！」從此沒了音信。在李府做丫頭長到十六歲，被李家湯水餵養得如花兒一般，李府老爺看她就多了一層意思。終於在一個黃昏李老爺把她堵在書房，奸笑著壓了下來。她說：「老爺，不要，不要。」老爺眼睛瞇著一種古怪的情慾，噘起嘴說：「不要？要的，要的。」那聲音很曖昧，在雕花窗櫺透過來的陽光下遊魂一樣飄蕩。她還沒有來得及反抗就聞到了一股腥膩味兒，聽得老爺說：「啊吁，說不中用就不中用了。」她整個腦殼就空了。老爺把她抱起來放在條几上，四肢像四條垂掛的藤悠悠晃蕩。老爺不要她穿衣服，老爺說：「我要自上而下的鼓搗你，鼓搗你這塊羊脂玉。」春色滿眼的好事終於有一天被太太發現了。太太說：「打死她！打死這個惑亂人心的爛X。」她從心裡不願意面對這個家了，決定要逃跑。在這時候她發現了麻五。麻五是來李府送木炭，半個月一次。一年多了，她的眼睛從沒有多看過這個男人，現在看他就有了心事。

領了麻五到柴房送木炭，看四下無人說：「大叔你救我出去吧。」麻五說：「我救你出去，我就不能來送木炭了。」柴房裡散發著一股乾黴味，麻五看了一眼王引蘭，蒙昧的心像鼓一樣敲起來。也就是說王引蘭這個女人不能讓人多看，看多了有想法。想法不是別的，其實說來也簡單就是想掰下來，在想掰下來的前提下還有一層意思：這粉娘倒可以讓我省下錢。麻五把王引蘭想成一穗玉米了。這時，王引蘭撲通一聲跪了下來說：「爹啊，救救我吧，你不救我，我就沒命了。」

麻五嚇了一跳，顫抖著累極了似地小聲說：「除非你要我掰下來。」

王引蘭半天沒有想明白是什麼意思：「要帶我出去當然不會讓你白來，這還用說。」

麻五想王引蘭把自己的話理解錯了，自己的話也太沒有章法，硬板。怎麼可以這樣說？人家大小也是大府的丫頭，眼睛裡是長了大府人家鋪排的，就算是拾話也多拾了幾句。但是，麻五覺得這種事情不直接說好像又說不清，就很是有點不好意思地說：「我……我是說除非你想做我的女人。」王引蘭抬起頭穩穩說了一句落地有聲的話：「我應你，做你的女人。」麻五小眼睛一下放出了電：「你真的應我？」王引蘭肯定地說：「我真的應你。」麻五鬆了一口氣：「應我就要貼心，我救你是頂了風險的，再一個你不可以叫我大叔。」王引蘭想了想說：「我貼心跟你走，不叫大叔，叫你麻五。」

再來李府送木炭，麻五從市面上買了不少棉花，一進李府就開始張揚他的棉花，和李府總管議論了半天棉花的好壞，出李府時，麻五用遮雨布把王引蘭蓋在棉花堆裡了。

王引蘭想這些的時候感覺有雨點落下來。落下的雨點像豆子乒乓爆響。聽得麻五說：「下車吧。」

王引蘭看到一座四合院門樓前，站著一個粗矮女人，胸前大襟衣服下露著半截紅肚兜，左肩下的腋窩裡掛著一串銅鑰匙，女人滿臉紅潤，咧了嘴衝著麻五說：「回來了，哦，雨說來就來了。」

麻五把車交給羊工鐵孩要他去備料，領了王引蘭走往堂屋裡去。羊工鐵孩望著王引蘭咧了大嘴笑，一時有些不知所措地說：「怎麼這麼好看！」王引蘭心有些慌亂，就聽麻五扭身說：「小鳥孩，有你受用的時候。」這時雨大下了起來。

夜裡麻五讓王引蘭和自己女人睡一起。

這是一個如常的夜晚，山野裡透著風，風把王引蘭的心搞得層疊折復。在粉緞被子裡她聽到窗外風撲草動，一個缺少了自由的人能嫁到這樣的人家也算好。就聽麻五女人說：「聽老爺說，哦，你也是丫頭出身，哦，既然來了窯莊做了小就要懂個規矩。」王引蘭說：「我從小沒有了人疼，如今跟了麻五就全憑姐姐你疼我了。」王引蘭又說：「我自小就給人家當丫頭，也算是在規矩人家長大的，只是這女人家的好多事情不懂，姐姐你要多教我才是。」倪六英覺得王引蘭有點野，怎麼可以叫老爺的名字呢？就說：「你叫你家老爺也是哦，叫他的名字嗎？」王引蘭說：「不是的。姐姐不一樣，你不知道城裡的青年人只要婚姻了，都互叫名字，聽起來很中聽。」倪六英覺得王引蘭的話日怪，想問一問婚姻是說什麼，聽得窗外傳來一聲輕輕的咳嗽，就不說話了。王引蘭覺得倪六英說話很有意思，像肚子受了涼。已經三更天了，麻五女人說：「秋涼了哦，睡一更吧。」王引蘭扭回頭看著窗外，暴風雨已經過了，月亮浮上了中天，銀色的月光從麻紙窗戶上射進來。「月亮好大。」聽到麻五女人輕輕哦了一聲，同時聞到了她嘴裡呵出來一股氣味，飄飄蕩蕩像一團溫熱空氣糅雜著她的感覺，漫漫地她就沈醉在了昏沈裡。

後半夜聽到麻五女人起夜，感覺門吱呀響了一聲好像麻五女人出去了，王引蘭就醒了幾分，支愣起耳朵聽，卻什麼也沒有聽到。

隔了有一會兒，聽到門又「吱呀」響了一聲，好像麻五女人回來了。喘氣聲很粗，好像又不是她。突然聞到了一股菸味，是暖和，是乾燥，由遠而近，在一雙手的輕微劃動下，菸味繚繞了全身。她說：「誰？」「我。」是麻五的聲音。王引蘭說：「是麻——老爺。」麻五說：「叫我麻五就好，今夜咱就來個婚姻。」王引蘭知道麻五聽了窗戶不再說話任由麻五動作。王引蘭輕聲叫了一聲：「疼。」麻五說：「不可能，我還沒有進去呢。」其實麻五是在試探，試探什麼？只有麻五清楚，麻五在試探一個疑惑。王引蘭眼淚生生滾下來，感覺到麻五有點忘我地在做一個反覆動作，類似樹枝的搖擺，芽兒拱得有勁兒，她被麻五的芽兒撞得青腫，並有一種撕裂的快感襲來。她叫著：「麻五，嗷麻五，麻五……」月光下麻五的小眼睛裡閃過了一絲兒亮。

麻五撩開粉緞被子，有菸味兒飄出來。麻五說：「我真沒有想到你還是個閨女。」麻五把她抱起來，麻五說：「祖宗，粉娘，我的小祖宗，我要正經八百給你個名分。」

停歇了幾天，麻五從李莊雇了上好花轎，由一隊響器領著繞窯莊走了一圈。新人王引蘭坐在花轎裡，妖嬈得很。她感覺到了幸福，也無異於投靠了幸福。得到幸福了嗎？恍惚中又覺得這不是她要的幸福。她覺得有些亂想，就放下心事抬起眼睛看馬上的麻五。

騎在馬上的麻五，十字披紅，不時彎腰給窯莊看熱鬧的孩子們發放自己做的高粱黏糖。透過紅綢簾子，王引蘭看到一起一伏的麻五在紅色陽光下像一隻工蜂。籠罩在她眼前的喜氣如同貼在她前額的往事，讓她想起童年時老財娶妾。從春天油菜花田裡穿過的花轎忽閃閃的，忽閃起了她一個夢想：長大了也坐了花轎穿過油菜花田嫁人去。

油菜花亮汪汪，坐了花轎奔哪方？綠望綠黃望黃，娶了媳婦不想娘……

王引蘭想娘。不知道娘想不想她。

麻五決定不出去賣木炭，一來是自己歲數大了，快四十歲的人沒有一男半女；二來是不敢再進城裡，要是被李府的人撞上指不定就沒命了。麻五臉上掛著煙氣如霧的喜氣，鼻子是鼻子、臉是臉，和所有人說話就露出了一絲兒和善。麻五用賺來的錢多買了地。冬天，地荒著，他雇人一車一車往地裡拉馬糞。

屋子裡倪六英教王引蘭做新年衣褲，倪六英說：「城市裡女眷時行哦什麼？」王引蘭說：「早不穿大襟衣服了，姐姐這樣的肚兜，沒有人戴。」這時聽得羊工鐵孩在外面來回走動。

王引蘭說：「姐姐，他是咱們家的下人，也要給他做嗎？」

「不是下人，是長工，要做的。」

「長工？」王引蘭想了想長工不就是下人嗎？想來也和自己一樣，就生出了幾分可憐。

王引蘭站起身走出去，看到鐵孩正往堂屋封道走，她說：「哎，是叫鐵孩吧？」鐵孩扭回頭看著王引蘭笑。鐵孩說：「你真好看。」午後陽光照著堂屋磚牆暖暖的，王引蘭靠著牆，眼睛斜著石板院地上的雞仔，一隻白公雞咕咕叫著撲著一群花母雞調情，母雞們有條不紊地一歪一歪調扭著屁股，陽光把雞們照得美麗異常，王引蘭看著雞們誇張的動作笑了起來。王引蘭的笑聲有些浪，這讓鐵孩有點忘情。就聽屋裡倪六英在咳嗽，鐵孩伸了伸舌頭扭身走進了封道。王引蘭回過神來迎上去，看到鐵孩從封道拿出一條鞭子來。那鞭子在陽光下泛著青光，蛇一樣盤曲在鐵孩懷中。

「拿鞭子做甚？」

「甩鞭。」

鐵孩抬起頭衝著王引蘭笑著，把鞭子扔到西屋門前。

王引蘭說：「恁大的鞭趕多大牲口？」

鐵孩笑了，笑得有點滑稽。「這牲口大咧，大得教你想不到。」

「甚牲口？你倒給我說說。」

鐵孩從封道端出一盆水放在西屋廊簷下，然後把鞭放進去。

「到時候就知道了。」鐵孩說。

王引蘭看到鐵孩用手在水盆裡翻著牛皮鞭子，腥羶味兒彌漫了滿院。王引蘭從來沒有正眼看過這個漢子，他個子不高卻很結實，四方臉，紫紅色臉膛，皴裂的雙手很靈巧地在溼軟的牛皮中間來回翻攪。她發現他翻攪得很仔細。這時候麻五從外面回來，王引蘭說：「麻五麻五，什麼叫甩鞭？」

麻五想了想說：「甩鞭呀，就是敲響凍地，告訴春天來了。」

麻五自從和王引蘭婚姻後，說話上用詞很是注意。

「那為什麼要用水泡？」

「泡了的鞭不浮，實。」

還是不明白，聽到麻五身後發出鞭子溼軟的沙沙聲，就有了一絲兒渴望。落日餘光讓麻五臉上鍍上了一層蠟光，她仰起臉衝著麻五肉頭鼻子說：「麻五，今兒就想聽。」這時聽得倪六英在屋子裡重重的叫了一聲：「老爺。」

王引蘭笑了笑縮著脖子走進了堂屋。

吃了晚飯，王引蘭悄聲和麻五說：「黑夜不要過來了，到堂屋陪陪姐姐。」麻五肉頭鼻子輕輕地抽了一下，她不知道麻五是同意了還是不同意，反正她扭過腰身一擺一擺提了燈籠回了南屋。屋子裡火盆燃著紅紅的火苗，把燈籠放在炕頭上，從懷裡取出麻五塞給她的蘋果偎在炕上吃了起來。

窯莊人從來不知道用木炭取暖。冬天大部分燒暖炕。天一黑就把被子鋪開，炕頭上盤了小泥爐用來生煤火，因為缺煤，到晚上火就滅了，早上起來在地火做飯，用熱木炭再燃好爐火。王引蘭來到窯莊第一天起就決定要用火盆來取暖。她不想生煤火，一來調煤髒；二來李府太太攏了袖管坐在火盆前的姿態很優雅，她從心裡一直想著那個姿態。窯莊人看王引蘭用火盆很稀罕，但是，卻沒有人效仿，覺得那東西很貴氣。王引蘭往火盆裡添了一些木炭，解開紅綢襖和紅腰帶把自己脫精光拱到粉緞被子裡，一股熱氣騰上來。王引蘭想著甩鞭的事，聽到門「吱呀」一聲開了，不用說一定是麻五。

「說好了不來。」

「來看看，看看就走。」

麻五在火盆上把手烤暖，然後掀開粉緞被子把手伸進來在王引蘭赤條條的身上揉來揉去，揉得王引蘭面色紅潤。麻五說：「要不要進去暖暖？」王引蘭說：「不。」反逗得麻五有了一股豪氣，脫了衣服拱進來，摟著王引蘭像摟著一團棉花，王引蘭痙攣著，滿面灼紅地叫著：「麻五，麻五麻五。」麻五一聲不哼，王引蘭臉上生出了沈醉的紅暈。麻五突然不動了，靜靜地聽了一會兒衝著窗外說：「是鐵孩嗎，怎麼還不回去？」聽得窗外的鐵孩叫著：羊，羊，羊，走遠的聲音。麻五說：「小叫驢也想癢。」王引蘭說：「怎麼不把大門關好？」麻五說：「我說是來看看嗎，看看就看進去了。」

轉眼大年到了，年三十後晌捂了一場很厚的雪。鐵孩從山上砍回初一五更點亮的明火柴（注：「明火柴」指燃火用的松柴，地方話。），堆到院子裡。鐵孩說：「麻叔，該準備的都準備了。」麻五說：「取來鞭子放在供桌上點了香磕了頭了嗎？」鐵孩說：「還沒有。」取了鞭放在香案上，燒了香磕了頭。麻五拿了鞭走到大門外站到碾盤上，王引蘭看到窯莊男男女女都站在碾盤周圍，甩鞭人麻五張開了腕口，一條生命弧線炸開了。鞭聲不沾塵土與落雪交融，王引蘭覺得心開了，血沸了，再等第二聲鞭起，鞭聲不響了。看到鐵孩用紅布包了揣在懷裡。麻五跳下碾盤拍了拍鐵孩，回過頭大聲說：「乾冬溼年，明年定是個好年成啊。」

吃完年夜飯，全家人開始守更。說是全家，也就是麻五、倪六英和王引蘭三個。王引蘭問麻五：「咋還供鞭？」麻五說：「新鞭，要請神開鞭，以後再甩就通靈了。」王引蘭想著甩鞭不知不覺倒在麻五腿上睡著了。不知道過了多久，松柴點燃的劈啪聲驚醒了王引蘭。明火把院子燃得如同白晝，雪地被火光烤出了一個很大的圓，麻五盛了餃子用火筷夾了在明火上燒。王引蘭迎著火光走了出來。麻五看到穿了紅緞衣褲的王引蘭，在火光映襯下，一雙丹鳳眼顧盼生輝，麻五就愣然懷疑自己是在做夢了。

王引蘭說：「烤這些年夜餃子做甚？」

麻五說：「吃了明火燒的糧食能點亮心燈。」

這時聽到遙遠處有一聲雷響，生生滾了地氣，在天地邈遠之中，浩浩蕩蕩傳來。緊接著是大片雷聲從漠漠曠野中急速滾過，王引蘭叫了聲：「快聽。」就聽到外面有孩子們喊道：「甩鞭啦——」

王引蘭的心激動得要跳出來了，抓了麻五的手飛快地跑出院。

月霧相融一色，滿世界一片白茫。

在這黃土原上奇異冬景中，她看到四周圍山上有篝火點亮，篝火映照下一個個舞蹈的身姿，清晰的鞭聲就從那裡傳來。

所有走出屋門的人大氣不出，風刮過窯莊上空，有浮游的雪塵撒下來，晶瑩地打在王引蘭臉上，如同無數溫柔的小刀子，讓她莫名地快樂。麻五說：「今年的鞭聲比往年集中，聽起來爽亮。」這時候有李莊的鞭聲傳過來，像裂帛聲音，接著就是窯莊鞭聲應聲而起。

彷彿來自浩渺天宇驚雷般的鞭聲，竟讓王引蘭的靈魂顫慄了。爹爹生前喜歡敲鼓，驚蟄那天是驢的生日，這天晚上總要爆出如豆如炸如度歲的鼓聲，爹爹腰裡紮著紅綢，一口氣灌下三碗黃酒，到一個山頭上去擂鼓，那鼓聲驚天動地，爹爹說，鼓聲敲響了凍土，把春天召喚來了。爹爹的生命裡卻沒有春天。爹爹曾設立蒙館，教著幾個孩子，在沒有脫下開襠褲的孩子面前，爹爹給他們講陶潛不為五斗米折腰的故事。爹爹就是一個不肯折腰的漢子，村上的保長六十大壽時給他發了帖子，他不去送禮。對方放出話來，我用八抬大轎抬呀，我請不了他來家裡，還請不了他到一個地方去？小日本人過來了，爹爹被說成是私通共匪。爹爹說，不誤虛名，我還真想通一通哩。爹爹被請進了牢裡。爹爹說，這地方待不住了，叫母親帶了她遠走高飛。伸手不見五指的夜晚，遠房舅舅趕了驢車送她們上路，經過一片沼澤地，車輪陷進了泥坑拔不出，娘說，抽那頭老驢啊，用勁抽。舅舅瘋了一樣地抽，驢受了驚嚇，她被驢車顛在了地上，舅舅甩過鞭讓她抓緊，她叫了聲「娘」，拽了麻鞭劃出了沼澤地。她覺得有一種東西從此就嵌進了她的生命，是什麼呢？她現在明白了，是鞭。鞭聲是一種昭示：她王引蘭的生命裡會有春天嗎？

麻五說：「年說過就過了，春天說醒就醒了。」

「鞭聲能夠讓油菜花開得更豔包穀長得更壯嗎？」

麻五說：「能。」

王引蘭眼中流下了眼淚，在天光映襯下，亮晶晶的看上去是如此無言綿長。

四

王引蘭的肚子一天天大了起來，麻五臉上的笑容也一天天多了起來。是春天了，樹好像一夜間潤出了薄的淺綠，經過沈悶的冬季後，人們站到春天的田野上，心裡不由湧起了莫名的激動。王引蘭建議把高樓院對面坡地買下種油菜。

麻五說：「為什麼要種油菜，種高粱不好嗎？」

王引蘭說：「種油菜，開油坊啊。小時候看見有錢人家種油菜，滿天滿地的黃，我就想等以後嫁了有錢人也要種一大片油菜。麻五你算有錢人嗎？」

麻五說：「我當然算有錢人。窮人連糧食都是上一年和下一年接不上。」

王引蘭說：「就在對面坡地上種油菜。」

麻五說：「對面坡地不蓄水不適宜種糧食，戶主早想賣，我思量種什麼也不合算。」

王引蘭說：「油菜花好看。你是有錢人嗎，要買要買。我喜歡油菜花，我要在春天裡看油菜花開。」

麻五說：「買買，讓你春天看油菜花開。」

男人有些時候是很聽話的，他的聽話是需要一個不聽話的女人來媚惑他，就像他的財產要女人來揮霍一樣，歷史只是女人對男人的調教。

買了對面山坡地，雇了人，只幾天光景十幾畝油菜地齊刷刷出了苗。鐵孩把羊趕到對面山頂上，山上的綠色厚實適宜羊吃。滿山頂羊群像落下來的雲彩，有淡淡煙一般的白氣滿逸開來。鐵孩拿著羊鏟吆喝著頭羊：「吆呵——」

一切恍若隔世，王引蘭每天坐在自家高樓院大門口老槐樹下碾盤上看，這麼一看就是大半天。陽光把紅綢大襟褂照得像蟬翼一樣透明，王引蘭眼巴巴看著桃花開了，杏花開，然後是李花、梨花、海棠花。

忽然一夜，油菜花開了，滿坡耀眼的黃亮，花香把她拂鬧得輕靈舒緩，差不多堵塞了對春天其他想像。她想起李府老爺說：「躲到油菜地田埂上做一些春天有關的事，那才有意思，才叫別致的春色。」那意思她不完全懂，但是知道老爺的話裡是充滿了浮想和暗示的，很美妙。在王引蘭思想中那個浮想和暗示不是老爺，不是麻五，是誰呢？王引蘭在這裡把自己的思想繫了個扣，她臉上就有了近似油菜花香的春愁。這以後桃和杏長出了嫩嫩的果實，她開始鬧著要麻五給她去摘。麻五捏著她的鼻子說：「我的祖宗啊，我的粉娘。」

每日裡麻五讓鐵孩從山上放羊回來，摘一些剛長出的嫩果子。

鐵孩說：「你喜歡吃酸了，我就給你摘酸，喜歡吃甜了，我就給你摘甜。」

麻五和王引蘭要一些來給倪六英。王引蘭就說：「你好偏心。」麻五說：「天下老的最疼小的。」油菜花香把麻五的話拋到了半空，落下來時落進了窯莊人大大小小的耳朵。耳朵們在春天的田埂上說些和春有關的話，這些話因為王引蘭就更有意思了。

王引蘭吃完桃啊杏啊，把軟核用手揉得軟軟，對著麻五臉上肉頭鼻子輕輕一捏，一股子水射了過去。麻五說：「射吧，射吧射吧。」王引蘭說：「麻五，麻五麻五。」陽光把他們親暱的影子拉得很近，王引蘭看到麻五細瞇著眼睛的臉上浮著一層雖然泛黃卻很有神采的光亮。麻五說：「祖宗，你不知道你有多好看，滿窯莊人都說你好看，都笑話我說我要死挺在你懷裡。」王引蘭說：「你就看不出窯莊人在眼氣你嗎，傻麻五倔麻五憨麻五。」

土坡上油菜謝花了，有稚嫩的莢頂出來，空氣裡殘留著油菜的芳香，麻五看到王引蘭臉上有細細的絨毛，那細碎的絨毛在陽光下亮著燦燦的光華。這時就聽到鐵孩在對面的山上喊道：「狗——日——的——羊啊——」麻五望著山上的鐵孩說：「好你個狗日的鐵孩！」

快進入夏天時候王引蘭要生了，肚子挺得看不見腳。倪六英肚子也挺了起來。倪六英什麼也不能吃，整個人脫了形。王引蘭要生了，倪六英用篩子把爐灰過濾出一籮筐細麵，揭掉炕上席片，把爐灰鋪上。王引蘭在窯莊接生婆桂花擺弄下順產下一個女孩，麻五激動得出來進去。王引蘭坐在細碎爐灰上像棉花一樣鬆散，倪六英抱著女兒偎在炕頭菩薩般地笑。王引蘭說：「姐姐要生一個男孩就好了。」倪六英晃著懷中的女兒說：「生哦男孩，生哦男孩。」

剛生了孩子，奶憋得慌，孩子吸不出急得哇哇叫。王引蘭說：「麻五，麻五你來吃吃吧。」麻五不好意思地笑著走近，王引蘭高隆的乳房傲然聳立，結實硬挺的褚紅色乳頭像兩顆耀眼的瑪瑙，麻五說：「你不說我也想挨過來。」用牙齒輕咬住，鼻息和頭髮搔得王引蘭很癢，她忍不住笑出了聲來。麻五看到陽光在王引蘭身上流來流去，陽光和麻五的吸奶聲很響，王引蘭瞇著眼睛，想叫麻五麻五麻五麻五，看到倪六英不敢叫了。在地上給孩子用艾葉水洗澡的倪六英低著頭，故意把水聲鬧得很響。孩子像一隻初生羊羔在倪六英手裡綿軟地叫起來，麻五緩緩抬起頭，王引蘭看到他嘴角掛著一縷奶香。

近秋，倪六英要生了。

見紅時，麻五叫來了倪六英母親和接生婆桂花。倪六英躺在鋪好爐灰的炕上，陣痛一陣陣襲來，她兩手痙攣著在炕上抓，桂花說：「孩子腳先出來了，立生，是個男孩。」從早上一直到傍晚，豆大的汗珠從倪六英臉上浸出來。

桂花說：「要娘還是要孩？」

隔著窗戶麻五什麼也不說，因為是男孩，麻五有點猶豫了。

倪六英忍著痛堅決地說：「要兒。」

倪六英母親抓著閨女的手嗚嗚哭了起來。

王引蘭抱著四個月大女兒在炕沿上，看著桂花撕裂了麻五進去的那一條河溝，看到那河溝裡流出來的不是白色乳漿是一湧一湧的血，王引蘭害怕就隔著窗戶喊：「麻五麻五，死麻五，良心狗吃了的麻五……」聽到麻五叫道：「救大人，救大人，孩子還有將來。」王引蘭看到桂花調換了一個姿勢，用剪刀一塊一塊把肚子裡那個小人人摳出來。血把爐灰染成一片黑紫，這時聽到倪六英呻吟聲逐漸小了下來。王引蘭叫道：「姐姐——姐姐——姐姐。」倪六英沈沈地睜開眼睛，「我……怕是，哦……不行了。」倪六英母親抱著閨女的頭用沙啞的聲音叫道：「兒，不敢留下白髮人先走！」

麻五瘋了一樣從守了一天的門外衝進來，麻五撲過來時看到倪六英眼睛亮了一下，並艱難地指了指肘窩下的銅鑰匙。麻五解下它捏在手裡，俯在倪六英耳朵上，聽得斷斷續續說：「防著她，哦……守不到頭……哦——」然後一個「哦」沒有上來，沈沈闔上了眼睛。王引蘭用力抱緊懷中孩子，孩子被抱痛了，哇一聲哭出聲，這時聽得麻五叫了一聲：「不要！」腦袋埋在倪六英胸前一動也不動。桂花依舊不緊不慢摳那個孩子，血依舊流著，窗戶上月光一片旺白，桂花冷冷地說：「準備後事吧，肚淨了。」

王引蘭哆嗦了一下，覺得有什麼東西把她的心掏了去，有些冷。

倪六英是在油菜掛鈴時走的。

麻五決定要買上好的棺材。把家安頓給鐵孩，用倪六英那串鑰匙開了堂屋立櫃上銅鎖取了什麼鎖上櫃門，然後趕了馬車上路了。倪六英停殮在堂屋穀草上，守靈的姪男姪女們跪臥在草鋪旁，很平穩地呵著傷調。蠟燭整夜亮著，大好的月光。王引蘭坐在南屋炕上抱著女兒靜靜聽送更紙的，踏著滿地橫流的月光哭著出去進來，一種涼津津的孤獨漫遍了全身。屋子裡油燈搖曳著黃色光暈，黑烏鴉在院外老槐樹上啊、啊叫著，偶爾有一、兩聲狗叫聲插進來，王引蘭滿腦子是那孩子摳碎的影子，身上就有汗毛豎起來。想出去叫一個人過來，走出院子看到鐵孩一臉冷霜，像松樹的皮卻不知道什麼原因。一定是倪六英死了心裡難受就說：「鐵孩你也不要太操勞也要小心身體啊。」

「以後的日子還有什麼指望，鐵定是麻叔的了。」鐵孩說完也不管王引蘭是什麼反應扭頭出了院子。

王引蘭沒有明白鐵孩說什麼，覺得熱臉對了涼屁股，心往下一沈扭身走回了南屋。

三天後有人看到通往窯莊路上有一團黃塵滾過來，接著看到了三匹飛跑的馬和灰頭土臉的麻五。車上拉了三口上好的楠木棺材，麻五在高樓院老槐下勒緊了轠繩，叫人把棺材卸下來，兩口放進西屋地上，一口放進堂屋。

窯莊老齋公走過來說：「就買了三口？」

麻五說：「沖喪。死了要躺一樣的棺。」

老齋公說：「我還怕等不到你，要重新定一個出殯時辰。」

麻五揉了揉鼻子說：「定了就不能變，我欠了她！」

王引蘭眼淚唰一下就湧了出來。

老槐樹上掛了彩練，門上貼了喪聯，八抬大轎頂用紙做了白鶴，孝子們抬棺慟哭送行。麻五選了一處山勢高燥的窯洞把倪六英放進去，等自己和王引蘭百年後選好墳塋一起下葬。王引蘭抱了穿白袍的女兒在窯洞口跪了很久，這時聽到崖的山頂上傳來三聲鞭響——啪——啪——啪——，如扒著雲縫射出的一線陽光。王引蘭幽暗淒清的眼睛裡就發生了變化，想：這日子真要敞開天光讓人活，真是沒有幾天活頭，說走就走了。鞭聲是喚醒春天的，倪六英的春天去了，帶著她肚子裡的兒子，我的春天呢？

林中有鳥飛起來，乾褐色黃土在陽光下泛著馬糞一樣的光澤，窯洞兩邊的樹綠得像螞蚱的血。麻五悲憫地說：「這些窯洞前風口上的樹在秋風裡葉落得早，在春天裡發綠得也早，人日他娘還不如棵樹。」

冬日第一場雪下後，麻五雇了人炒菜籽。因為應了坡地上不蓄水的話，油菜少收了幾成。麻五說：「都是你這小妖精害了我。」

王引蘭說：「麻五，麻五我害了你，怪不怪我？」

麻五說：「我不怪你。」

王引蘭說：「你不怪我，我可是要怪你。」
麻五說：「怪我什麼？」
王引蘭說：「怪你不把那串銅鑰匙給我。」
麻五說：「銅鑰匙不能給你！」
王引蘭說：「怎麼不能給我？」
麻五說：「等給我養了兒，就給你。」
王引蘭說：「我偏不給你養兒。」
麻五說：「小妖精，小祖宗，小粉娘，我現在就要你給我養兒。」
大白天兩個人揉在了一起，就聽得屋外鐵孩叫著：羊，羊，羊。
麻五對著窗戶喊：「叫羊日你娘呢，還不快去炒菜籽。」
菜籽碾成油餅在鐵鍋裡熬，香味就飄滿了窯莊上空。窯莊有人問鐵孩：「麻五哪裡了？」鐵孩答：「掉進油缸裡了。」
這一年，王引蘭給女兒起了名字叫：「新生」。

五

西元一千九百四十六年夏天，太行山區解放得早，在新中國禮炮還沒有放響前夕，窯莊迎來了偉大的土地革命。歷史的進步就是這樣準時。然而這一年在決定自己命運關頭，麻五被窯莊土改工作組定為「地主成分」。起初麻五不知道地主是啥意思，當明白過來時，麻五決定不當地主。但是，土改工作隊的人說，這不是當不當的問題，在事實面前當也得當，不當也得當。在窯莊數你地多，扳指頭數數，哪一家像你一樣雇了短工長工？麻五說，我雇他們是出工錢的。土改工作隊的人說，你還嘴強，是你雇了短工長工，不是短工長工雇了你，從道理上講你就是地主，不定你惡霸地主就算便宜了。

頭一次鬥麻五，由於當時國共兩黨在東北對峙還未見分曉，生怕鬥不倒麻五將來惹下禍，無人為他們做主，鬥了半天，幾乎沒有結果。工作組動員鐵孩鬥，鐵孩不鬥。後來農會領導組織群眾敲著鑼，打著旗，把高樓院包圍起來，一面把麻五揪出來鬥，一面把麻五的箱籠、糧食家具搬了出來，這些東西堆成了一坐小山。工作隊及時把這些東西分給農民，讓他們看到自己從鬥爭中得到的成果。並鼓動說，要翻身就翻個徹底。鐵孩鬥爭情緒也激昂了起來。

起初麻五的嘴還說，鐵孩他爹想要兩張羊皮暖腿要鐵孩來幫工，我是給過他羊皮的。鐵孩一聽說羊皮，就抹眼淚就說：「兩張羊皮換了我十年的工夫，你還說得出口啊？」工作隊的人一聽鐵孩是用兩張羊皮換來的就指著麻五說：「開油坊的惡霸，搾乾了窮人的血汗，我們就是要打倒你。」「打倒地主麻五！」窯莊人應聲而起舉了拳頭喊。就有人用指頭粗的麻繩由脖子到胳膊緊抽麻五，抽得麻五似秋日的穀子，幾乎兩頭著地了，工作隊的人說：「還要不要說不是地主？」麻五說：「不要說了。」有人問：「是不敢了還是有愧不說了？」麻五說：「我是地主，是老財，是有愧不說了。」肉頭鼻子上細絲一樣的筋脈憋得暴出來，麻五在抬頭示眾時整個臉就像豬肝一樣通紅。

土地改革來不及讓麻五把那串銅鑰匙交給王引蘭就把麻五的家產全部分了。王引蘭尋死覓活堅決要求留下那兩口棺材和那條甩得毛了的牛皮鞭子。分田分浮財（注：「浮財」是土改時候的用語，指分了土地，再分了家產，家產是浮著的，比如：衣服、櫃子、金銀財寶等。）那天，麻五領了王引蘭和女兒新生，最後用馬車拉了棺材到鐵孩的老窯裡居住。

鐵孩分了麻五的堂屋，依舊放羊，不過羊是群眾的了。但是，這並不影響鐵孩春風得意羊蹄疾。宿羊的窯在老窯和窯莊的路中間，王引蘭往返路上碰到鐵孩看到他臉上不知甚時又掛出了笑容。鐵孩說：「你還是那樣兒好看。」王引蘭說：「有什麼用，好看也是地主。」鐵孩說：「貧農就沒有你好看。」王引蘭說：「好看？怕天天鬥，鬥多了就不好看了。」

麻五把兩口棺材摞起來放在窯掌深處。麻五說：「以後要自己動手種田。」肉頭鼻子一抽一抽，像有滿腹心事要傾訴，好像又找不到頭緒。新生已經十三歲了，因為運動一直沒有識字。麻五說：「新生也該識字了。」新生進窯莊識字班第二天跑了回來，新生說：「同學都叫我小地主。」望著如花的女兒，麻五哭了。這是王引蘭這麼多年來第一次看到麻五哭。麻五哭時鼻頭泛著潮紅的血光。

麻五來不及看到新生識字，麻五就死了。如果麻五不是自己給自己墜了秤砣，那麼，是誰給他墜了秤砣？麻五死了誰還會說？

六

王引蘭仔細解著麻五蛋上的麻繩，怕把麻五弄疼，嘴裡叫著：「麻五，麻五麻五，不要怕疼，疼了就告訴我。」麻五不應，王引蘭眼淚似珍珠一樣落下來，著實感到了天人永隔的椎心之痛。

長工鐵孩領著窯莊的青壯後生走進來，他們幫王引蘭把麻五平平展展放在楠木棺材裡。

鐵孩說：「葬到東凹祖墳裡，和他老婆一起下葬。」

王引蘭說：「不葬。」

鐵孩一臉困惑，「不葬？以後日子怎麼過還不知道，留他是個負擔。」

王引蘭說：「活著我做主，死了新生做主，把他抬到倪六英姐姐窯內。」

鐵孩說：「按規矩溼傷帶乾傷應該入葬，不可以破壞了規矩。」

王引蘭冷冷地說：「還有規矩啊，按規矩他不該死，死了；按規矩不該墜蛋，也墜了；鐵孩懂規矩啊？給我墜了你的蛋我看看！」

鐵孩搞了一臉不自在，揮了一下手說：「上路。」

新生拉了靈，王引蘭穿了孝，由四個後生抬著麻五出喪。一路上歇了有十幾歇，窯莊人說：「老財麻五扭著勁不想走。」

王引蘭想，不想走就能不走嗎！這世界上走一個人還不是稀鬆平常的事，麻五算啥，死都不利索，要人墜了蛋，下輩子做啥，做啥也絕了後啊，倒叫我來背負這苦。

放進窯，抬棺的一走，王引蘭和新生說：「跪下，給你爹磕頭。沒有他就沒有你娘。」新生眼睛睜得大大的，王引蘭說：「給你爹磕三個響頭，記住，年年清明要來上墳。」

王引蘭望著對面青山，看到腳下是窯莊，再遠處曾經是自己的油菜地，更遠處是蜿蜒環抱的山脈，新綠遍地。她用手把散亂髮辮打開在腦後挽了個髻子，不遠處有一個泉眼，有淡淡的嵐氣在聚攏。拉了新生走過去，看到清澈的泉水裡有細小的蠓蟲在游動，她用手輕輕拂了一下，然後爬下去斷了氣的喝。新生聽到母親喉管有咕嚕嚕的跌落聲傳出來，同時看到母親鬢角有幾根耀眼的白髮，想上去拔掉它。突然王引蘭跌坐在地上氣絕了似地哭了起來：呀喂——指望是松柏樹萬古長青啊，呀喂——誰想到是楊柳樹一時新鮮……哭一聲麻五少早亡啊，生生把我閃在了半路上……死鬼麻五啊，你留下母女倆怎麼活……哦呵呵……

哭聲掀動滿山綠葉響徹天地。

王引蘭不明白日子究竟發生了什麼變化，也不知道從哪一天開始，和這個世界一下子疏遠了，疏遠得如此陌生，視覺和感覺很自然地被堵上了一種堅固的東西，她不再想笑，也不再想哭。工作隊的人來找過她，要她控訴麻五的罪行。

王引蘭說：「人已經死了，怎麼就連死人也放不過！」

工作隊的人說：「不可以不去，也不是放不放的問題，是講明理的問題，也是剝削者和被剝削者的問題，你要找到這個原因的病根所在，找到了才知道什麼叫剝削、什麼叫壓迫。比如你以前在李府做丫頭，就是剝削者剝奪了你的生存自由和勞動自由，後來到了窯莊等於是吃了二遍苦，受了二茬罪。你目前社會成分不好，應該盡快覺悟，就說不為了你自己吧，也要為你的閨女想想，也該給她樹立一個正確的人生觀，你想懷揣一本變天帳嗎？麻五連鑰匙都捨不得給你，在他心中你是啥還不明白？」

王引蘭說：「是啥我知道，說句爽利話吧，非要去？」

「非要去！」

王引蘭說：「去。」

吃過後晌飯，王引蘭拉了新生穿過羊窯去接受批判。新生吵著要王引蘭打燈籠，王引蘭說：「打一回燈籠，一個雞蛋就沒了，如今比不得從前了，要學你爹懂得東西中用。」新生說：「東西再中用也是要給人家分的。」王引蘭想了想，是啊，又一想覺得不對，現在還是不能打燈籠，因為沒有進項。「娘不活今天了你還要活明天哩。」

天漆黑得像鍋底，新生害怕不敢走，為了壯膽王引蘭哼起一首歌：青石板，板石釘，青石板上釘銀釘，銀釘亮晶晶，滿天閃星星……娘倆一牽一扯提了心走到窯莊訴苦會高台上。地上坐著窯莊的男女老幼，一個個神情激昂，窯莊也不過就二、三十戶人家。聽到鐵孩在控訴兩張羊皮把自己賣給了麻五，王引蘭來不及思考鐵孩說的話就聽到有人指點：看，麻五燒木炭的小老婆來了。

窯莊人看到麻五小老婆站到高台上用方言訴苦，聲淚俱下的訴說帶有一種本地沒有的韻律，工作隊從她臉色中發現不對勁，她在給麻五評功擺好呢，急忙叫她匆匆下台去。

王引蘭一邊走一邊罵了句故鄉口語：「他沒有罪，我翻你媽的事，我寧願受二茬——」想不起受二茬什麼了，就被農會的人擁出了會場。

由於複雜而麻煩的背景原因，工作隊不再找王引蘭訴苦。王引蘭在老窯內靜靜地守著時光，用殘餘的生命活著。

以往的日子幻影一樣消失了。王引蘭忍不住懷疑這一切是否都是夢，一個神思恍惚狀態下的白日夢。想麻五一定是躲起來了，心被掏空也想不出麻五躲到哪裡了。柔和如洗的陽光依舊穿過窗戶照進窯內，空氣中傳來種種隱約而嘈雜的、難以捕捉的聲音，好似一種細碎而綿密的聲息，猶如一種絮語，營營嗡嗡，在這些嘈雜聲中，一切變得更為寂靜，寂靜得使王引蘭心頭沈重，一種生命不知何所依歸的強烈的鬱悶的沈重。

有人來給王引蘭提親，是離窯莊五十多里地的六里堡光棍李三有，社會成分下中農。來人說：「一個婆娘帶著孩子，沒有男人搭夥，日子過得緊巴巴不說，春種秋收寡婦家別人誰敢來幫忙？再說了，社會成分又不好，總是問題啊。」王引蘭感到有滿腹懊惱和不快，媒人的話讓她心裡怔忡不安。她說：「思忖思忖再說吧。」

媒人走後，心裡一酸，投到炕上，抱著被子哭了一場。人沒了，但日子因了閨女還得往下過，是啊，明年的春種秋收靠誰？只怕要賺窯莊女人的罵。小時候女人活娘，長大了活男人。如今娘和男人都沒了。王引蘭身上感到涼意，有小風兒沿著脊梁溝吹。

夜晚降臨時，坐在窗外的條石上看山，遠山蔥鬱的樹木形成一團一團的黑影，王引蘭生出了一種自憐自惜又攙雜著幾分疼痛的情緒。路在哪裡，該向何方？日子已經像飴糖似的融化了，黏成了一團糊糊。向前、向後、拐彎等等都失去了意義。

王引蘭聽到有腳步聲傳來。來人說：「睡了嗎？」

聽聲音是鐵孩。

鐵孩懷裡抱了一捆編好的艾草，近了說：「防蚊蟲咬，睡前熏一熏。」王引蘭正準備讓他進窯想起了麻五。麻五待他不薄，怎麼就不能看好麻五，讓人給墜了秤砣！這麼一想王引蘭膩歪得就不想動了。鐵孩一看沒有讓他進窯的意思放下艾草說：「聽說你要嫁人了？」王引蘭抬起頭看了一眼鐵孩撂出一句不明不白的話：「要不是我能嫁人？」說完此話，突然覺得有一種耗盡生命天光的難過。鐵孩說：「社會成分不好，要找也該找一個社會成分好的。就不能守麻叔三年？」王引蘭想，你算啥，來張揚我。到底沒說出來，提起窯前的馬桶扭身走進了窯洞。隔著窗戶鐵孩說：「走了，啊？」

王引蘭聽出那一聲「啊」有想讓她叫他轉回的意思，可她就是不想叫，要你啊個夠，不是日能得很嗎？翻身了嗎！

聽到鐵孩腳步聲遠去，才鎮定了一下情緒坐到炕上。突然覺得倦怠得很，好像有無邊的幽暗在等著，把身子貼牢牆根就這麼靠著，內心的愁煩似乎才有了一絲兒喘息，是什麼原因使她的命在途中轉了個彎，彎成了這樣一個結局？

窯外風掀起落葉，一陣沙響。落葉提示著節氣的細微之變，王引蘭吹滅燈，感覺夜光微移，卻找不來睡意。

王引蘭決定嫁人。路想了很多，都走不通，能夠走通的只有一條路，改嫁。找一個靠背和新生活下去。

出嫁之前王引蘭要媒人叫來李三有，她有話要說。

李三有是一個個子很高的人，比王引蘭要高出一頭還多。長得又黑又瘦，微微駝背，穿了黑夾襖黑夾褲。李三有低頭邁進窯洞時，王引蘭坐在炕上納鞋底，感覺就像似有一堵牆倒了過來。王引蘭指了指對面的炕要他坐下。李三有說：「不瞞你，咱是舊社會家窮娶不起媳婦耽擱了，今年四十六，會木匠，大是大了點，和麻五比還是小。和我搭夥過，說不上享福也不會讓你受很大的罪。」

王引蘭說：「既然說開了，我也就明人不做暗事，人是嫁過去了，到末了我是要回來窯莊和麻五合葬的。人總得懂個情義吧，麻五死時不明不白，怕也聽說了吧？」王引蘭抬起頭看了李三有一眼然後用嘴濾了濾麻繩。

李三有說：「嗯，聽說了幾句，大形勢嘛。」

王引蘭咧了咧嘴沒有出聲。

李三有說：「是不是要擇個日子過去？」

王引蘭說：「選日子，那倒不必，我要過去是要帶了棺材過去的，最好等天黑透。」

王引蘭說起棺材的事底氣很足。在當時，活著有棺材的人那是很了不得的。

因為窯內黑現在才看到窯掌深處躺著一口棺材。李三有走過去看見棺材蓋的沿上雕了鏤空花飾，很貴氣。一時找不到要說什麼，臉上就掛出了一個光棍漢經常有的憂慮和黯淡神色。

王引蘭穿了月白水藍夾襖，耳朵上吊著滴水綠玉耳墜，三十歲的人了，居然看不出一點歲月的痕跡。透著傍晚的天光她的臉上蒙上了一層淡淡的光暈，納鞋的手式很圓弧地劃出一道亮影。

李三有想，她年輕時一定是個仙女。

不自覺地說了一句：「都依你。」

兩天之後王引蘭和新生帶了棺材被李三有用一架馬車拉走了。

那時候，黃昏降臨，老槐的花香彌漫了整個上空，香味和紫瑩瑩的暮色一起籠罩了整個村子，窯莊人在這香味裡翕張著鼻孔，一個個神情亢奮。青蛙在河溝裡聒噪，窯莊人看到了一輛馬車穿過暮色走來，馬車像小山一樣昂著蒼白的頭，那個景致很動人。窯莊人眼睛一剎那在膩香的黃昏裡遲疑了很久，然後頹然落地聽著馬脖子下的鈴鐺，叮噹，叮噹，叮噹，遠去。

那時候，鐵孩正在羊窯給羊接生，臉上浮著一層汗，馬燈的光暈彌漫過來一股潮乎乎的煤油味，母羊下身不時湧出緋紅的胰沫。

有人走進羊窯說：「麻五小老婆帶了棺材嫁人了。」

鐵孩抬起頭瞪著來人說：「誰說的？」

來人說：「我親眼看見的，六里堡的李三有趕著馬車，那小子像杆子一樣真他媽好命相。」

鐵孩說：「有這麼快？怎麼也該給麻五守三年孝。」

來人說：「她能夾得住！」說完覺得自己這句話很有意思就笑了起來。

鐵孩說：「笑個鳥！你來看著我出去寫尿。」

這時候是月中，一輪圓月掛在天空上，山野裡淡藍色的熱氣在亮光裡升騰，看羊狗在羊窯外臥著，聽到鐵孩走出羊窯牠搖著尾巴跑過來，鐵孩一腳踢過去，嘴裡罵了一句：「我操你祖宗！」狗叫了一聲，搖著尾巴躲到了一邊。四野裡響起鳥飛起的聲音，鐵孩突然不想尿了，一屁股坐到羊窯外的地上，覺得心上有一股熱熱的東西一下流走了。

羊窯內傳來羊羔落生的叫聲：咩——咩——

遠去的馬蹄聲像月影下彈撥出的琴聲，漫漫泛泛，王引蘭帶著棺材繞著山脊遼遠而去。

七

李三有住了兩間土坯房子，院子很大，不像麻五的四合院嚴緊。屋子裡幾乎沒有擺設，一盤火炕，看上去空空盪盪。李三有叫人把棺材抬到屋裡南牆角。打發走來人，安頓新生睡下，王引蘭開始拾掇小東碎西。一時有點不好意思的李三有遠遠坐到了棺材蓋上。李三有說：「土改分了些東西，趁夜間無人，都隔牆扔回去了。再窮也不能要人家的東西。」

隔了一會兒又說：「六里堡的地主要比你原先的家富裕，聽說你原先的家也就是比別人多幾畝地，人還是靠土地養，我們堡地主不光有地出租在城裡還開了商號，家裡很是氣派的，還有槍。」

王引蘭說：「人哪裡去了？」

李三有說：「人家算是開明地主，有一個孩子在城裡得到了消息，不等土地改革就把商號和土地退了，跟孩子到城裡去住了。」

王引蘭頭腦裡真切顯出了一個影像——麻五。浮上心頭——小山溝裡的小地主鬥得比大村裡還狠。心裡就產生了對自己經歷相去日遠的傷感。

李三有說：「明天是好日子，大小也該熱鬧一下，我租不起花轎，鬧運動也不允許，我本家哥哥借了一把太師椅，就用太師椅抬了繞堡轉一圈也算是坐了轎了。」

王引蘭說：「過來就過來了，我是什麼人物還要坐轎，還要到村上繞一圈，怕那六里堡的人大牙都要笑掉。」

李三有惶惶地站了起來，雙手摩擦出咭咭啞啞的澀響，「那不行，定好了的，是要蒙蓋頭的，怕什麼？」李三有遲疑了一下接著不好意思地嘟囔了一句：「我也是第一次結婚，不熱鬧也不吉利。」

王引蘭端著一碗水往嘴裡送，聽到李三有說此番話，忍不住地把碗放下，停頓了有一袋菸工夫，然後說：「就依你。」

李三有說：「睡吧。」

王引蘭看了看炕上的新生說：「怎麼睡？」

是啊，怎麼睡？李三有一下子心事重了。有一句話湧上了喉頭想往出說又止住了，像似自言自語，「我還是睡棺材吧。」自己摟了鋪蓋在棺材上鋪好躺下了。

第二天，王引蘭由兩個後生抬著繞六里堡轉了一圈。

頭上紅蓋頭一掀一掀，王引蘭坐在椅子上，身體像失去平衡一樣任由他們顛來倒去。聽到有炮仗不時響起，就想到了窯莊的甩鞭。一切是那樣虛幻，似一個夢，奇奇怪怪，和夢中的人和事攪混著，便把一個好端端的夢弄得似夢非夢了。想著這些時，感覺那個夢在不遠的地方重新圓起來，看上去滾滾翻翻像一團雲。

透過紅紅的蓋頭看到李三有在一條曲裡拐彎的村路上前行，同時聽到了鬧哄哄的議論聲，聽得有婆娘說：窯莊的地主婆是帶了棺材來的，老財被人墜了蛋，人長得水，怕是命不好。她將眼皮兒輕輕抬起又輕輕放下，在這個夢的將散未散裡幻化成一個字：活、活、活。

就這樣王引蘭和李三有婚姻了。

王引蘭要李三有幫她抬開棺材蓋，她取出那條甩舊了的鞭子說：「三有你來甩甩。」

李三有拿了鞭走到院子裡笑著說：「我沒甩過這東西。」用力把鞭子甩出去，鞭梢反過來打了他的臉一下。王引蘭大笑著說：「甩鞭，真不在乎個高，你不會甩，鞭把你甩了。」王引蘭拿起鞭也想甩，卻甩成了一團麻。

安心住了下來，住下來的王引蘭因為和新生睡一處，和李三有實際上是有夫妻名無夫妻實。這一點讓王引蘭感到很不安。但是，好像又沒有好的解決辦法。時間一長，反而弄得雙方有點不好意思提那事了。

王引蘭首先想到的是新生識字問題，和李三有商量要新生進六里堡的識字班。

夏天了，李三有院子裡的豆角秧扯了起來，有蝴蝶飛來，對對雙雙，煞是好看。新生老遠叫著娘跑過來，王引蘭聽到新生嘴裡念著：「請看天上日月，晝夜不得留停，坐地日行八方，寒來暑往古今。」

王引蘭想：世事變轉，上天也是如此勞勞碌碌，辛辛苦苦啊。

辛苦的上天卻不讓人過好日子，冬麥不冒尖兒，夏收眼看要落空，等不得高粱、玉米秀穗，人們就急慌慌下地拔野菜。王引蘭和李三有提著荊條籃子走在連著重重坡地的山谷。陽光下的田野有一種生動而感人的美。李三有採過一把炮杖花順手遞給王引蘭說：「吸吸它的根部，很甜。」李三有看到陽光嵌進了王引蘭的每一絲頭髮，頭髮全是金色的，李三有說：「甜吧？」王引蘭說：「甜。」

李三有要王引蘭學會識別野菜，因為草的家族在土地上是那麼龐大，像滿天的星星。有薺、蕨、蘩、蘋、薇、匏、甘棠、卷耳。把野菜採回家，可以拌上玉米麵蒸吃，也可以涼調，如曲麥菜、薄荷、小蒜；苦菜、刺夾菜、灰灰菜、楊葉、柳絮、沙蓬則用來煮熟浸泡後去苦味調食。當季是菜，過季就是草了。

時光流失對於任何事物都是無情的，對野菜也同樣充滿著決定性或暗示性的作用。

草生草落，世事茫茫，人還不如草木。王引蘭把目光落在了一個地方，那地方有叢野菊花生長著，花瓣很稠很濃，在太陽光下閃閃爍爍。山菊花的黃有點像油菜花，花朵在風的作用下不停地翻動，她和太陽的目光在翻動著的花朵上就一起高興了起來。李三有看到王引蘭高興，就想有什麼事也該行動了，走過去撩了撩她額前被風吹下來的亂髮，感到心酥了一下。

兩人的目光相撞，有些閃爍。

在期盼得以實現的時候，還應該有什麼鋪墊，王引蘭說：「這花開得多好，像油菜花。」

「再好也沒你好。」

「我有什麼好，福薄命賤。」

回過神來的李三有說：「我比你更福薄命賤。小時候早早沒了娘，弟兄三個，我大哥叫福成，二哥叫福順，都死了。生下我之後，我娘得癆症死了，我大給我起名三有，意思是福、祿、壽都要有。我大是木匠給我修了這兩間土房也死了，土改運動因為我有房有童養媳就定成了下中農。你看我個兒大，其實很膽小，嚇怕的。」

王引蘭說：「還有童養媳？」

李三有說：「是我舅舅家閨女，從小送到我家作童養媳。成婚前名分是家中女兒，長我七、八歲，後來到十二上也死了。依舊俗在地角丘著，等我以後一起下葬。」

王引蘭輕輕「哦」了一聲。那種含愁也不減眉目傳情的神態讓李三有再一次的心酥了一下。

感覺有什麼東西想迫切進去。

王引蘭緩緩把手伸到李三有臉上，李三有的喉結咕咚一聲落下一口唾沫。閉上眼睛把頭靠在王引蘭膝上，像豬娃子拱母豬奶一樣拱了幾下，王引蘭就不能把持「呀喂——」整個身體就軟了下來。

順手揪下那捧山菊花，朝著那金黃軟墊躺下去，酥酥張開雙臂。陽光從疏密不一的高粱葉子空隙漏下來，空氣裡浮游著細碎的金點子，地上山菊花發出溼軟的沙沙聲，她看到有一隻大鳥俯衝下來。幾朵雲彩如棉花一樣開放，她聞到了青草香味、野菊花香味、泥土香味。想，和一個人在油菜地田埂上做有關事就是好，只是這不是油菜花也不是春天。風撫著她的大腿和腹部，搓弄著她的乳房，從未有過的激動，在一種大幅度撞擊聲中她從喉管裡擠出了：

麻五，嗷麻五，麻五麻五——

八

鐵孩順道來六里堡看王引蘭娘倆，同時帶來了一張羊皮。

鐵孩說：「你出嫁那天圈裡有羊生了羊羔，羊羔活著，母羊死了，我把皮熟了給你送過來。順道看看，日子過得好吧？」

王引蘭說：「什麼叫好，心情爽快了就好，三有是女人性總讓著我。」

鐵孩留意李三有臉上寫著很多快活的東西。

李三有給鐵孩取來旱菸鍋，「自家種的，抽兩口。」

鐵孩接過菸袋說：「你大還是我大——」

李三有說：「我屬虎，你屬？」

鐵孩呵呵笑了一聲說：「屬雞，比我大。」

王引蘭忙捅開火坐鍋給鐵孩做飯。

鐵孩說：「別忙了，又不餓！」

李三有說：「誰說你餓，來家總不能不吃飯吧。」

鐵孩扭回頭和王引蘭說：「新生去了識字班？」

王引蘭說：「去了。」

鐵孩說：「認了多倆字？」

王引蘭說：「大字不夠一籮筐。」

李三有說：「不能那樣說，我看新生認的字比咱三個加起來還要多。」

鐵孩說：「全國就要解放了，解放了好啊，天是明朗的天，原先人們想這社會也不過是一時一運，現在看來真要變了。」

這時天空傳來了一、兩聲雷響。

李三有衝著王引蘭說：「要下雨了。」

王引蘭說：「秋天的雷，唬人哩，怕也是過雲雨。」

王引蘭把高粱麵摻上榆皮麵和好，等鍋開了往裡撥，到院子裡揪了一把香菜和辣椒。王引蘭說：「你一直喜歡吃辣椒拌魚兒，今兒吃個飽。」

鐵孩盯著火上冒熱氣的砂鍋，心被什麼燙了一下，很是不自在。把菸鍋子遞給李三有說：

「你也來幾口。」

這時候聽到院子裡雨滴像崩豆一樣落了下來。煌煌的天空和著雨滴伴著鐵孩吃魚兒聲，在昏暗屋子裡彌漫開來。這一頓飯吃得鐵孩頭上冒汗，清鼻涕出溜出溜往外湧。

鐵孩說：「好吃的東西是好。」

這時候雨已經停了。雨在乾黃的浮土上打出魚鱗似的泥皮，鐵孩踩著這些泥皮和李三有告別。

王引蘭說：「就走？」

鐵孩說：「就走！」

李三有說：「想走動走動時就來走走。」

鐵孩說：「帶來的羊皮，毛有點不大順溜，隔日我給你弄一塊羔皮來。」

李三有說：「這就夠了，可能的話幫我摲一條氈，給你出羊毛錢。」

鐵孩說：「回去就給你摲。」

李三有回過身到屋子裡給鐵孩拿摲氈的黃豆。趁著空隙鐵孩說：「你還是那樣兒好看。」

王引蘭說：「過日子，不頂吃，不頂喝。」

鐵孩說：「還想不想回窯莊？窯莊有人想你，想不想聽窯莊人甩鞭？」

王引蘭心裡想：窯莊有人想我？怕是瞎話。想聽甩鞭倒是真的，可人是跟了奈何走，有什麼就想什麼，沒什麼也就不想了。臉上就露出了澀黃的笑，覺得鼻子酸酸，生怕再說下去眼淚掉下來，趕緊說：「人到了這步天地，啥也不想！」

李三有提了黃豆出來說：「拿著不送了啊。」

鐵孩說：「不送了，不送了，回去吧。」

鐵孩大步往回走，走了幾步扭回頭看，看到王引蘭不知什麼原因撅著的屁股，他有點透不過氣來，有什麼東西往指尖上流，狠狠搧了自己的臉一下，這樣好像才濾掉了一些憋悶氣。

釘了鐵掌的懶漢鞋走在乾溼的泥皮上，他突然對這些乾溼泥皮產生了近乎乖僻的熱愛。到處是潮溼的靜謐的青草氣息，澀拉，澀拉，四周山野裡只有他的腳步聲在輕佻擺動，看著暮色中緩緩沈落的天光，笑了起來，那笑也像乾溼的泥皮捲曲著似有幾分澀涼。鐵孩突然邊走邊踢著泥皮叫著：羊，羊，羊，羊……

鐵孩叫著羊回到窯莊時，天上星星已經出全了。

九

天不亮，李三有起身了。取了木匠傢伙，盡量不弄出聲響，但是，還是驚動了王引蘭。

王引蘭瞇眼抬起頭看了看天光，發現還早，還可以迷瞪一會兒。就問：「要去哪？這麼早？」

李三有說：「我大活著時種過兩棵柳，成材了，我怕過一段日子又有什麼新運動，早一些把它砍回來做一張床，我要讓你有床睡。」

王引蘭說：「天亮了砍也不遲，又不是砍下來就能做。」

李三有說：「天亮就砍倒了，好叫人來抬，要不然，白天人都忙著收秋，誰還顧得！你睡吧，我知道你貪覺。」王引蘭說：「三有，你真好。」李三有說：「好什麼，讓你過粗茶淡飯的日子，受窮。」王引蘭把頭縮進了被窩，卻怎麼也睡不著，想，粗茶淡飯的日子過著也好，只要氣順受窮怕什麼？命中有的早有，命中無的想也想不來，世上好東西太多，你想「要」，「要」不想你。沒有甩鞭，沒有火盆，沒有油菜花開的日子也能活出成色。王引蘭就決定不睡了，早起給李三有做飯，吃了飯和李三有上地啊，地塄上的山菊花一定鋪得很厚了。

早飯時，李三有和六里堡幾個人抬回兩棵不太粗的柳樹。李三有把它放到院子裡，等乾透了用。王引蘭遞過菸袋，他吸了幾口說：「吃了早飯拿上扁擔和繩子一起去把溝裡七分地的高粱殺回來。」

上午，陽光下有沒有散盡的霧。王引蘭和李三有一前一後，霧從腳跟升騰起來，在眼前繞來繞去，把鋪向山坳的秋景弄得潮溼得很。王引蘭和李三有都有點激動。無邊曠野上正壓抑著一種喧響，那喧響很是有一點柔暖，而那些霧就和八月裡天空細密的陽光和身體內部發出的暗示很諧和地連接了。

坐在地壟上稍稍休息了一會，李三有站起身來說：「來吧。」

一種說不清但目的明確的要求，一下子衝上臉頰，有點喘不過氣來。

王引蘭通體舒暢而涼爽，不斷加厚的青草地結實而富有彈性，十分高大的李三有在霧簾中沈下來，時間彷彿凝住了，那一刻，時間早已變成無邊的空間。懸浮的霧粒將陽光散射成泛漫的天幕，李三有看到王引蘭的身體白得透亮。

潮潤的土腥氣伴著呻吟在霧氣繚繞中作長久的浮游，王引蘭有些顫抖地叫著：三有，三有三有，噢三有——

突然感到了一種異樣。

王引蘭說：「芽兒怎麼不精神了？」

李三有說：「怎麼突然叫起我的名字了，一下不習慣，我等你叫麻五。」

王引蘭說：「麻五是麻五，你是你，跟了你，你就不是麻五了。」

李三有開始在王引蘭身體上扭纏起來，霧氣溼潤朦朧的白色在輕佻的動盪中起伏。棲集在山坳裡的鳥趁風翔起，天空一片生動。真格是秋波升溫啊。

王引蘭看到不遠處有一個人影走過，手裡是一把羊鏟，鐵孩來六里堡送氈來了？她看到他向前方的一頭斷崖走去，鐵孩不會去斷崖，她想：那不是鐵孩。

是該開鐮了，八月高粱和陽光奏出的樂聲在悠悠回響，土塄子在淡藍色的熱氣裡顫慄，高粱一片深紅。人們提著鐮刀走向各自的糧食，成熟的糧食在貧瘠的土地上刷刷倒伏，螞蚱紛紛逃躥，王引蘭望著塵霧裡起伏動盪的李三有和落定的高粱心裡有一股說不出的失落。不可能搞清楚的是究竟是山野的糧食還是這種可能環境的消失使他們失落了，因為這兩個因素是交織在一起的，它們都起了作用。更進一步說，王引蘭希望秋天來得慢一些，然而季節是一件不容抗拒的事，心碎的溫情轉眼就要離去了。王引蘭明白秋天的到來意味著什麼，然而等不得王引蘭多想一切就結束了。

李三有從斷崖上掉下去摔死了。

王引蘭想不出李三有為什麼會摔下去，自己的地離斷崖有些路，菸袋鍋在地中割倒的一片高粱旁放著，人卻從崖頭掉下去了。王引蘭感到生活混亂不堪，六里堡中央的老槐上，有一隻烏鴉到夜晚降臨時，啊，啊，啊叫著。六里堡的人都知道烏鴉是來叫喪的，叫喪的烏鴉除了給李三有叫還要給誰？六里堡家家門上繫了紅，說王引蘭福薄命賤，說王引蘭命賤是賤了和她睡的人。女人們就像躲避瘟疫一樣看著自己的男人不讓出門。王引蘭拿了石頭走到老槐下用勁搗牠，牠不飛，牠不敢偷閒的叫聲越發來得密集。王引蘭不知道牠是受了自己內心的激情和天道的法則驅使而叫的，牠的叫就是這種法則的顯露形式。牠要按照牠的道理告訴王引蘭，活雖然不能按活的方式來活，死是要按照死的方式去結束生命。王引蘭咬牙切齒從嘴裡蹦出一句讓六里堡的人都聽清楚的話：死鳥。

六里堡人說，不管死鳥活鳥，王引蘭是帶了棺材來勾命的。王引蘭說不清，想了想覺得自己是來勾命的。棺材是放死人的，哪有活人睡棺材？事實上王引蘭又如何能說得清楚。

王引蘭用自己的楠木棺材下葬了李三有，李三有和他的童養媳埋在了他父母腳頭。用自己的棺材下葬李三有是自己決定了幾天的。她的決定有一種不爭的氣度，她懂得人處於世間時，情分的重要。生死由命，死了，死了，人若不死了，麻五怎麼不轉過來活呢。既然苦難不為人忌地逼近了並不幸福的生活，要一具楠木棺材又能給自己帶來多少好！

王引蘭摟了一包李三有生前用過的東西在一個午後坐在了李三有墳旁。頭上蒙著一塊黑藍方頭巾，心痛卻哭不出聲音。北風呼呼叫著，她感覺生活在進一步朝深淵邁進，因為，等待和幸福的等待的歲月已經過去了，她不能迴避自己心底對李三有的怨恨心情，因為他把她遺留在苦海之中獨自去了。墳上的枯草乾黃泛白，她拽過一把在嘴裡嚼著，嚼著，乾澀地嚥下去。新墳的土堆上壓著一團麻紙，風吹過時，紙張摩擦的聲音響起。

荒禿禿的墳塋埋葬的不僅是人的肉體，同時，許多心願和難以忘記的歲月也在這裡安睡，沒有誰能繞得過去。推導起來，如果說麻五給她的愛因年齡差異該是父愛，那麼，李三有給她的愛也許才是婚姻之愛。這種愛是怎樣脆弱易逝啊，廣闊的空間和苦難的歲月大大地扼制了王引蘭愛的生長。直覺告訴，即使痛苦是命定的和應該的，她也不想沈醉在痛苦之中了。她把李三有用過的東西拿來，決定燒掉它。這是要在沒有李三有的情況下繼續生活所想出來的唯一辦法。

李姓家族看中了兩間平房，因為李三有睡了王引蘭的棺材，沒有人敢出來明說。王引蘭是決定要回窯莊了，她不想讓生活中橫著一個死人的幽靈和一些活人的眼睛。既然找不到和這個社會相處的方法，那麼就龜縮進窯莊的老窯。

從決定走時，天空就開始落雪，王引蘭想等天晴，但是，雪時徐時疾地下著，大有不下到年頭不罷的意思。她不想再在六里堡過這個年了，捎了話要鐵孩來接。

鐵孩冒雪趕了牛車來接。鐵孩說：「馬和馬車分家下戶了，只好找了牛車來。」

天氣陰暗，望著薄暮暝暝中雪落濛濛的六里堡，王引蘭想：陽間就是男人和女人，女人和男人的歡愛。人住在地上，地給了男人和女人種種生存的命，命牽了你往哪走就得往哪走，咋活也是一輩子，一輩子咋活才叫好？麻五走了，李三有走了，歡愛沒了。麻五買來的棺材，給了李三有，都是我的至親啊，這個世界上，我用活來肯定他們的死，然而這活、這肯定是怎樣的一種疼！

坐在牛車上的王引蘭，有一種隔世的恍然與無奈，她看到六里堡在她回望的視野中一層一層往遠方推去，魚鱗一樣……

十

一路上新生蜷曲在一條棉被中，小臉凍得紅紅的。山野往後移動，那移動起伏不定，有些零亂。王引蘭看著這些不斷掠過的毫無內容的山，感到十分淒涼。風抄著地皮刮，然後狠狠甩出去。呼出的哈氣把眉毛和額前的頭髮糊滿了冰霜，看到鐵孩攏著袖管，夾著一根桑條，腦袋上狗皮帽子在牛車晃盪中搖擺不定，想：命中就剩下這一個男人了，自己怎麼就沒有想到同命相憐的這個人呢？自己的一生和這個人到底是一種什麼關係？本能抗拒著他，卻又牽扯不開。新生說想睡覺。鐵孩跳下車，把身上穿的羊皮大衣脫下來蓋在新生身上。王引蘭說：「不可以這樣脫，要傷風的。」鐵孩說：「受苦人還怕傷風？」

王引蘭笑了笑，有一點苦澀。

車轂轆和鐵孩的腳步聲在雪地上合併出一種好聽的響兒。

王引蘭突然想起李府老爺教過的一個字「奴」。意思是女人生來就命定不是一個人活的，因此就得有一個人，用繩子牽著，在「女」字旁又加了一個「又」，就成了「奴」。我的「小奴家」，「叫一聲小奴家與我多卿卿。」她不知道她這一生是誰的小奴家，王引蘭抬頭遙看遠處白色的空山，止不住泛起了一股熱，就有眼淚掉下來。聽到身後傳來抽泣聲，知道王引蘭在哭。

鐵孩說：「人都想爭活，其實活著的人哪有死了的人穩妥。」

隔了一會兒，鐵孩又說：「有些事情放不下，就得活。」

王引蘭的心動了一下，擦了擦眼睛，回過頭，看到身後山野中一條蜿蜒的小道被牛車的鐵轆轆出兩道深深的轍。

活是歸宿和安寧，風是飄零，雪是散落和湮滅，在這廣漠的大山中驟然變得渺小了的牛車，在天地相接下看上去幾近於無了。

十一

新生在窯莊口鬧著下車要去找小夥伴玩，王引蘭說：「讓人家知道咱回了窯莊要笑話的。」

鐵孩說：「有什麼可笑話的，和土疙瘩打交道的人還怕笑話？遲早得見人。」

王引蘭不好說什麼，讓鐵孩抱下了新生。

開了老窯門，一股熱氣騰了過來。有一盆木炭放在火台上旺旺燃燒。

王引蘭問：「是你把火生著的？都忘了燒木炭了。」

鐵孩說：「捎話來讓去六里堡接你，就把火生著了，久不住人怕陰。」

炕上鋪著一張白羊毛新氈，想起了李三有，他想要的氈到死都沒有鋪上。爐台旁的水缸內滿上了水，王引蘭覺得像在做夢，夢醒了自己也不知道自己是誰。鐵孩把東西搬進老窯，天有些映黑得看不清。王引蘭要鐵孩留下來吃飯，如今自己的身邊還有誰？

王引蘭說：「誰的牛車給人家送過去，過來一起吃飯。」

鐵孩說：「不用了，送了牛車還得去羊窯看羊，不知道甚時辰才能過來。」

王引蘭說：「甚時辰過來我們娘倆都等你。」

鐵孩有些激動，頭重腳輕走出窯門，「得」的一聲趕了牛車走了。

王引蘭在老窯門口沁涼透骨地站了很久，風的跌蕩中伴著牛脖子上的鈴鐺聲漸漸遠去時，她才返身走進了窯洞。

找了一根麻杆點了火，想找一找從六里堡帶來的洋油，從窯牆上摘燈時發現油燈裡的煤油是添滿的。燈撚爆了一下，淚水就止不住地流了下來。索性坐到灶火旁的板凳上，油燈在爐台上一閃一閃的，王引蘭「哇」的一聲抖肝倒肺地哭出了聲。

大約酉時鐵孩胺下夾著羊鏟來到了老窯。新生蜷縮在炕角睡著了，鐵孩拽了被子蓋在新生身上。王引蘭用粗瓷大碗公給鐵孩端過來高粱魚兒，她看到鐵孩正用一種毫不掩飾的愛憐眼光看著她。王引蘭說：「趁熱吃。」鐵孩一激靈，眼睛慌亂地看了一下別處，她很奇怪，她的心竟然也跳了一下。

王引蘭說：「鐵孩啊，今年多大歲數了？」

鐵孩用手摸了一下嘴說：「快四十了，也就是四十了吧，明天就是臘八，離年近了。」

王引蘭說：「真是快啊，麻五過世已經三年了。」

停頓了有一段時辰王引蘭問：「都解放了，咋還是一個人？」

鐵孩說：「不是一個人，能有倆！過了，什麼事情過了就過了。」

王引蘭說：「不算耽擱，還有機會。」

鐵孩說：「是有機會，怕是機會不巧。都讓舊社會耽擱了。」

王引蘭一聽說舊社會心裡就感覺沈，僵了一樣站著不動，一張臉赫然在油燈下泛著白。

鐵孩知道一定是說到了她的痛處，但是，鐵孩突然就激動了，停止了往嘴裡吸魚兒。鐵孩說：「十五歲上爹的腿羅圈了想要兩張羊皮暖腿，讓我給麻五扛長工，二十多年，從來沒有想離開，我對他忠心不二。一直到我爹娘死，麻五從沒有問過我的年齡，他忘了我的年齡了。」

王引蘭看到鐵孩麻色泛黃的眼睛裡有一絲淚光。

鐵孩說：「耽擱了。」說完低下了頭。

王引蘭走過去拿過碗用笊籬又撈了一碗。王引蘭說：「以前有些事情沒有想到也想過了，舊事咱不說，說起來都不好，麻五也沒有落個好死，教人墜了秤砣。」

鐵孩埋頭開始吃飯。

吃了飯撂下碗問了王引蘭缺什麼不缺什麼，夾了羊鏟踩了雪回了自己土改分的麻五的堂屋。

雪落無聲。王引蘭關上門吹滅燈和衣躺在新生旁邊，老鼠在窯後掌動出了響聲，她坐起來學了兩聲貓叫，一切又靜了下來。窗戶外的雪地透進來微弱光芒，晃在隆起的被子上，羊毛氈在身下蓄著火炕的餘熱，卻怎麼也找不來睡，新生不安穩地翻來翻去，她想麻五，想李三有，想一些難以想清楚的和難以陳訴的舊事，由不得把臉用被子捂上哭了起來，卻不知道這日子甚時能走到頭。

準備過年了，雪也停了。化雪天的寒氣凍得人只哆嗦。停雪天把新生的手凍得生了瘡，鐵孩給新生送來土製的凍瘡膏和豬胰子。臘月二十幾又送來了羊肉。鐵孩身上有一股羊膻味，王引蘭說：「鐵孩，脫下襖罩子來，我給你洗洗。」鐵孩就脫下襖罩子讓王引蘭洗。

王引蘭用臉盆端了鐵孩的襖罩子到窯莊的暖泉裡去洗。

臘月裡天空一片空蕩，暖泉旁已經有幾個窯莊的婆娘在洗刷。從六里堡回來的王引蘭給窯莊的人找到了話題。

「你說六里堡三有好好的，讓人送去一口棺材給埋汰了。」

「可不，她命裡帶剋星，誰找她誰倒運。」

「聽說了沒有，麻五在世時就和鐵孩好上了。」

「麻五死了咋不跟了鐵孩？」

「跟鐵孩，她心高哩，她還不知道想嫁什麼人哩。」

「嫁什麼人？想嫁玉皇還嫌她破哩。」

「哈哈，哈哈，哈哈哈哈。」

王引蘭聽了這話心裡惡惡的，臉上就浮上了一團青紅，過也不是不過也不是，後悔自己不該拿了鐵孩的褉罩子來暖泉洗。想大小我也是在城市生活了十幾年的人，你們懂什麼?懂油菜花田別樣的春天嗎?懂婚姻嗎?就知道和男人黑宿。我是命不好，可懂春天，懂四季給人的好，怕你們啊。就決定走過去。

暖泉旁的空氣有點不自然。各自在石板上搓衣，看到鐵孩褉罩子漂洗出的黑水一團一團湧向遠方，她們就停下來看鐵孩的褉罩子，看王引蘭，互相使了個眼色又低下頭搓起了自己男人的褉罩子。

臘月三十，鐵孩從山上砍下明火柴在老窯院子裡堆起來。王引蘭剁好羊肉餃子餡，撩了門簾和鐵孩說：「年夜飯不要回去，在這裡吃吧，回去也是一個人。」

鐵孩說：「大過年的怕不合適吧。」

王引蘭說：「有什麼不合適?咱早就是一家人啦。」

鐵孩笑了，王引蘭發現鐵孩笑起來很有意思，透射出一種男人才有的大度。就有了一股暖意，像一團棉花塞住了喉嚨。松枝的香味，年的香味，捎帶男人的什麼味兒，王引蘭也笑了，鐵孩感覺有一道陽光穿透了身體，一下子就要有汗往出溢。

鐵孩說：「解放了上邊送下來鞭炮就不甩鞭了。」

王引蘭說：「怎麼能不甩鞭呢，春天就是要用鞭聲來叫醒，叫醒了的年會佈滿土腥氣，五穀才好生長。」

鐵孩不好意思地說：「想聽就再甩一次，怕是鞭舊了聲音不正。」王引蘭站起身從窯後掌木板箱裡取出鞭子遞給鐵孩說：「再舊也是鞭啊，它的聲音是可以蓋了天的。」

鐵孩說：「那我去安頓好，讓他們各自領花炮回家放，五更我上山給你甩鞭。」

鐵孩走後王引蘭給麻五和李三有的靈位點上香上了供，然後坐在炕上獨對一盞如豆的油燈。王引蘭取過給鐵孩壓好的鞋底，纏下繞在上面的麻繩，拿了針在頭上濾了濾，然後一針一針納了起來。

年夜晚，夢像溶化的燈暈一樣無力地流瀉著，山的谷峰在皎潔的冷光中起伏抽動，鐵孩腋下夾了牛皮鞭和鐮刀走在雪天中。夜空太高太遠，月光在冷涼的空中充滿一種諦聽的寂靜。鐵孩站在山腰回頭看老窯那一盞如豆的燈火，感覺自己的影子無聲地直起來。鐵孩的攀登聲和喘氣聲，在寂靜中皺縮成團，「呼哧，呼哧。」「呼哧，呼哧。」

鐵孩在山的頂端用松枝劃開一片空地，用火鐮燃亮松柴，火光照亮了周圍的一切。要是往年對面山頂同時也會點亮明火，今年不同了。鐵孩站到一塊巨岩上揮動手臂，一聲鞭響張著闊大的翼揚天而起，橫過蒼穹、山巒，闊大的群峰以其曠古的寧靜接納了它，之後山頂的鞭聲便浩浩淼淼從天邊蕩起回音。

王引蘭和新生激動得走出老窯，點燃明火，漸次高聳的山峰和漸次傳來的鞭聲生生從耳邊揚起，而後沒入夜空。在堅執的仰望中支楞起耳朵聽，舒展於空山之上的鞭聲，如春雲浮空，還有什麼比這永世絕響的鞭聲更接近幸福的日子？鞭聲拖拽著王引蘭的夢巍巍峨峨，綿延不絕又蕩起了她對春天的希望。

窯莊地上燃起了星星明火，柔暖的火光同時也點燃了鐵孩舞蹈的激情。

鞭聲響起後，窯莊和李莊的花炮淹沒了鞭聲。孩子們高興地貓腰撿拾地上沒有點燃的花炮，沒有人抬頭看山尖上的鐵孩，人們熱衷於新生事物的出現。王引蘭望著那篝火前舞蹈的身姿，突然覺得被淹沒了的鞭聲空洞洞的，在緩緩向下沈落，沈落，落入無邊的黑暗。那個舞蹈的人在殘月清冷的天空下孤零零地由著篝火的熄滅轉入黑暗。王引蘭想，怕是再也聽不到那鳴成一片、如天外之音的鞭聲了。

歲月因鞭聲堆聚，復又隨鞭聲流散。

十二

新生十六歲了，方圓來提親的人不斷。王引蘭想給女兒招一個上門女婿。由於成分不好，又因為分配了土地，廣大翻身群眾在保衛勝利果實的號召下，都前仆後繼地走上了殺敵前線，這樣和新生年齡相當的後生能入眼的就少。十六歲的新生和麻五就像一個模子脫出來的，沒有一點像王引蘭。窯莊人說，真是麻五的閨女啊。新生聽了有點不耐煩，就不高興地說：「為什麼要生在一個地主家庭？」不再到窯莊串門，整天守著老窯和王引蘭學女紅。偶爾也有別家的女孩子過來看新生繡枕頭，她們一個個像遙遠山崖上開花的桃樹，還有春水蕩漾，沈浸在未來中。

鐵孩輪換著趕羊給窯莊口糧地臥圈。也就是夜間把羊趕到地裡讓羊拉屎，給地上肥。一戶兩天，大約有半個月鐵孩沒有到老窯。王引蘭從心裡盼鐵孩來，她已經把他當成自己的依靠了。輪到臥圈（注：「臥圈」是指把羊群趕到貧脊的山地裡去過夜，讓羊兒把大便拉在地裡增加養份。）王引蘭打破規矩到地裡給鐵孩送飯。

這是清明前，時間往前挪一點，天還有那麼幾分寒意；往後推一段呢，就到了農忙時候，樹在發芽，草在泛青，王引蘭看到麻五和倪六英的窯洞，在左上方的山崖下，有桃花開得紅燦，王引蘭冷不丁說了一句。

「日月真難熬。」

鐵孩腮幫上有一塊肉鼓跳起來，鐵孩說：「難熬也沒有我難熬，我是真難熬，都快熬不住了。」

王引蘭詫異地回過頭看著鐵孩說：「鐵孩，你不可以那樣想，要那樣想就是把話送到窯莊人嘴裡了。」

鐵孩一看，話被捅透了，反倒不怕：「你現在是沒有主的人了，只要你情我願，想怎麼想就怎麼想。」

王引蘭說：「就算是情願也不能想，我已經害死兩個男人了，不能害你。」

鐵孩說：「你早就害了我了。」

王引蘭一怔，詫異地說：「鐵孩，不可以這樣說，我害我自己也不會害你，說話可要講個天地良心。」

鐵孩說：「嚇唬你哩，我害了我自己了，我看你好。」

王引蘭說：「不好，也沒有人看我好。」

鐵孩說：「誰要是看你不好，誰就不是個人了。」

王引蘭站起身收拾了送飯桶邊走邊說：「鐵孩，新生大了有些事情不要對著我閨女說，說多了就不能給閨女做榜樣了，當娘的活著就不配當娘了。」就聽鐵孩說：「等新生出嫁了我再說，有個話口就行。你明早送飯扛過一把钁來。」

第二天王引蘭扛了钁挑了飯桶到地裡送飯。打老遠鐵孩看到了王引蘭，因為是上坡王引蘭走幾步要停下來喘幾口，該挺的地方在喘息的間隙抖抖的，鐵孩覺得王引蘭以前好是臉蛋白嫩，如今臉蛋和鄉下婦女一樣潮紅了，王引蘭的好不是臉蛋了是身段。鐵孩感覺有一團火滾過來。

趁給王引蘭臥圈幫她下種，兩人一起拉耬種穀。鐵孩架耬，王引蘭拉套，王引蘭彎著腰，撅著屁股，兩條渾圓的腿一閃一閃地前後移動。斜長的坡地常會碰到狗頭泥塊或棒秸茬子，一碰上，吭登一下，耬便頓住，然後提一下耬腳，躲過去，再往前耩。那吭登一下讓王引蘭渾身一震，脖子都拽歪了，王引蘭回過頭來看一眼，紅撲撲的臉上掛著笑，一下就裹住了鐵孩的心，讓他渾身顫慄。鐵孩就希望再吭登一下，那一種盼望中藏著鐵孩的盼望，鐵孩的盼望是很有意思的盼望。

這時，離窯莊四十里地的黃牛蹄一戶人家來提親，是下中農成分，家裡有一子三女，權衡了各方面王引蘭決定給新生定了這門親事。新生跟著媒人去黃牛蹄走了一趟，回來後，王引蘭問對方的家庭和人怎樣，新生說：「能過日子吧！」王引蘭問人怎麼樣，新生說：「問啥人，反正大我三歲，只要不是地主就行。」王引蘭說：「地主怎麼了，你人小心不小，翅膀硬啦？才經過什麼事？這世界要都成了地主天下就太平了。」

趁清明王引蘭來給麻五說說此事。兩口棺材在土窯內靜靜守候著時光的流逝。王引蘭說：「麻五你聽清楚，新生找了人家，閨女要出嫁，本來要找人上門續香火，你是知道的成分不好，誰來？麻五，我是兜了一個圈又回來窯莊的，棺材留給了李三有，他也是好人啊，好人命不長。麻五，你要是在天有靈一定看到了我娘倆活得苦，活得累啊，苦日子沒個盡頭，我說給誰聽？麻五告訴我呀，好好的人怎麼都走了？你說不出來託個夢也好呀？麻五呀——冰涼的秤砣墜了你，讓你成了無芽兒的鬼，日頭早升晚上落，狠心一走我沒人疼，世道轉換滿眼疼，生死疾患我恨誰，呀喂——背靠地，臉朝天的麻五啊，我的心灰冷冷……」

新生看到母親仰天伏地痛哭，心像是被生絲勒了一下，也嚶嚶埋頭哭了起來。王引蘭說：「你還哭他，他是地主啊？」王引蘭抬起粗皮吹裂的手在新生臉上擦了一把淚，新生感覺娘的手像刺蝟的脊毛刺刺的，扎得臉有些火辣。

鐵孩躺在石板上在嶺頭放羊。那陣，太陽明亮而不刺眼，風緩緩地從山頭上劃下來，一聲接一聲單調枯燥的羊叫聲不時響起，鐵孩黝黑粗礪的臉掛上了一縷苦笑，然後，不知道什麼原由地翻起身面對著山下清明上墳的人們大聲喊：羊，啊——羊——

臉木木地衝著山下，有些惡惡的，之後老淚縱橫。

七月天，太陽好像害了瘟病似的，連天陰雨。坡地上的秋糧被雨水浸飽了水分，散發出潮溼黴爛的氣味。苦雨欺人，山坡上犁刻出斑駁的溝溝槽槽，秋天的落葉兜不住水，隨了葉片落了下來，漾著一股草木漚爛的腥膻氣，成群的蠓蠅湧進老窯，歇在草皮脫落的窯牆上，新生拿了蠅拍一下一下拍打著，聲音的不斷重複讓王引蘭什麼也做不到心裡。

雨不停，糧食真要爛在地裡了。

好不容易等天放晴了，王引蘭就託付鐵孩到山外用新玉茭換回五斤棉花，她要給新生做出嫁的新衣。

收完秋王引蘭和媒人定了好日子出嫁女兒。

大紅的喜聯貼在窯門上。上聯是：成全一雙兒女事，下聯是：了卻兩家父母心，聯額是：麻五嫁女。

男方來了四個人，倆姐和一個嫂。

也就是五頭毛驢。新生騎了小黑驢款款從田塍上走去，有蟬在窯瑙一棵老榆樹上歇著，知道知道知道地叫著，五頭驢像山谷裡浮起的一團紫氣，伴了花鞭爆響沿山脊扭扭歪歪地遠去。

王引蘭望著遠處眼淚滴到了衣服的前襟上，心一下子空了，站在燥悶的空氣中乾咳了兩下，用手攏了攏頭髮走回了老窯。

十三

牛鞭吊在陽光下翻曬，粗糙的山石完全撕裂了它，有紛紛落下的皮屑蕩起來閃著光斑分化而去。王引蘭仰起頭嗅著它，嗅著一個春天的夢。太陽剛剛墜入山脊，遠處的嶺頭上，無數黑暗的點子跳蕩起來，又輕又軟，有風瑟瑟吹來把這些點子連成一張大網，這時天光就在這張大網的作用下暗了下來。王引蘭聽到有羊羔的叫聲傳來。撩開簾走出去，看到鐵孩懷裡抱著一隻羊羔。王引蘭問：「有病了？」鐵孩說：「要死了，我答應過要給你搞一張羔皮，現在牠要死了，羔皮正好能給你暖腰。」王引蘭給鐵孩取出凳子來要他坐到院子裡。

天光下晃蕩的鞭子劃過鐵孩的頭，鐵孩放下羊羔站起身拽下它。

王引蘭突然心血來潮地說：「從沒有近處看你甩鞭，甩幾下我想看看。」

鐵孩詫異地握著鞭說：「有什麼好看的。」

王引蘭說：「山下望你看你很張揚。」

鐵孩說：「那是遠望，近看我就是一個山漢。」

鐵孩走到院邊，往手心唾了一口唾沫捏緊鞭杆在頭頂劃出一個圓弧，鞭聲落下去時僵硬而萎縮毫無彈性，連著遠方的山脈，顯得那麼乾，啪，啪啪，啪啪——光禿禿的鞭聲在老窯上空飄浮著，一點也沒有穿透天空的力度。

王引蘭說：「這鞭聲怎麼就貼著地走了？」

鐵孩說：「鞭聲是要山谷的應娃娃（注：「應娃娃」指回聲。）來襯托的，是山谷的應娃娃讓你的耳朵裡灌滿了鞭聲。」

沒有鞭聲的罩蔽，王引蘭突然覺得一切都空了，撲面兜頭而來的就在自己的眼皮下跳動，眼睛耳朵被撐大了也感不到鞭聲的腫脹。王引蘭抬起頭除了天光她什麼也沒有看見，什麼也沒有聽見。她的思想是伸向天空了的，但是，天空裡什麼也沒有。

王引蘭說：「乾巴巴的。」

鐵孩說：「乾巴巴的。」

王引蘭說：「真是過得快呀，有些事情還沒有明白什麼就什麼也不能夠明白了。」黑暗中有生靈在動作，輕手輕爪的。她變換了一個姿勢，用手輕輕倒了倒有些痠麻的腿，王引蘭說：「鐵孩，拿過旱菸來我也抽兩口。」鐵孩站起身遞過捏好的菸袋鍋子。王引蘭嗆得咳嗽了起來，「太嗆。」鐵孩說：「要不要我給你搗一搗背？」王引蘭說：「不用，嗆一嗆也好，也好。」

鐵孩覺得有某種陌生的燥熱在身體的某個角落升騰，彷彿要把他生命的原汁浮突地挺起來，弄得他很是難過。鐵孩接過菸鍋子說：「我還是想給你搗一搗。」王引蘭抬起頭，看到燈光下鐵孩那兩隻霧濁的眼睛盯著自己發亮。

一股腥膻撲鼻而來，鐵孩木木站著，短粗的手燒著菸鍋子，人像是有了分量似的看著王引蘭脖子梗梗的。

鐵孩說：「說過等新生出嫁了說那事的，我現在就說了？」

王引蘭說：「我想了，還是不要說，等李三有燒了三年紙我答應你。」

鐵孩說：「等不得，不是沒有等麻五三年你就嫁了？」

王引蘭說：「不一樣。」

鐵孩說：「什麼不是人辦，就怕是人等它不等。」

王引蘭說：「你等它就等，該成的瓜不開謊花，等我把心放平了，給了你也就把心給了。」

鐵孩說：「非要我臉皮厚一回？」

鐵孩嘴上咬著菸袋，嘴角翹起眼睛望著王引蘭。王引蘭感覺自己的心在微妙曲折地跳動。

鐵孩撲上去一把拽仰了王引蘭，把嘴對了上去。王引蘭掙扎著扭動著身體，漸掙扎漸柔軟，覺得自己被什麼框住了，是厚膩的羊膻味，汁液般地沈澱下來，覺得自己的舌頭被吸吃了，羊膻味就更加刺鼻，令人作嘔，可又奇異地使她興奮。

鐵孩說：「從看到第一眼起你就牽了我，牽了我的魂，我就把持不住了。麻五從城市裡帶你回來以前，告訴我要是你早破了身子他要了就給我，後來他不讓我挑逗甚至不讓我和你說話。」王引蘭推開鐵孩把眼睛瞪得大大的，有些吃驚地望著說：「鐵孩，不要亂說。」鐵孩說：「沒有亂說，是麻五騙了我。聽到你和麻五宿我就躁，跑到羊窯和羊好，不怕笑話，我把你當羊了。」王引蘭推著鐵孩說：「不要瞎說。」鐵孩說：「沒有瞎說，我就等這一天，你看什麼，快來啊。」王引蘭突然覺得鐵孩的背後有一張臉晃了一下，像是麻五。王引蘭說：「鐵孩你的背上有麻五的臉。」鐵孩驚叫了一聲：「在哪？」然後罵了起來，「麻五你個龜孫王八蛋，你壞我好事。」王引蘭定定看著鐵孩，覺得鐵孩的手在抖並連帶著身子也抖了起來。山野的風打著旋撲進院子來，她的心裡絕望了起來，有什麼東西打碎了她的夢，她看到有一顆流星劃下來，劃出很好看的弧。

沒有實現了自己想法的鐵孩有點暴怒，俯身將那隻將死的羊羔撂倒，用左手摁住牠的腦袋，然後掏出一把刀，毫不費力地一刀捅了進去。羊羔就像撕碎的棉花一樣的抖了起來，溫婉的眼睛亮亮地看著持刀人，血水像芙蓉花盛開。鐵孩點燃一鍋菸，拿刀又往裡刺了刺，冰涼的刀讓羊羔再一次抖了起來，牠的毛髮層層開來，如茸茸霜毫。王引蘭低下頭時看到牠鈴鐺明亮的眼睛暗了下來。鐵孩拿刀反覆刺牠，牠合著刀的節拍抖動，像空氣中上升的爆裂的氣泡。鐵孩迎著王引蘭的目光說：「這樣牠的皮才蓬鬆。」

王引蘭嚇得面色如土，好久才擠出一句：「鐵孩，你好歹毒。」

鐵孩頭也不扭地看著地上的羊羔，像是欣賞一件藝術傑作。

鐵孩說：「比給麻五墜蛋輕省多了。」

王引蘭回身像電擊了一樣鬆垮了下來，已發生的來自生存的痛苦和艱辛在她的腦海裡像火一樣燒起來，迷惑和絕望，重渡生命之河，她看到了血腥和殺機。

「天殺你啊，鐵孩！」

鐵孩為自己這句話驚恐得跌坐在地上。

鐵孩想：自己是說漏嘴了。

王引蘭大叫著竄上去揪住鐵孩的領口，「你幹的好事！」

「都是為了你。」

「還敢說是為了我？」

「怎麼就不能說是為了你！」

我說我為了你就是為了你。當然，我不說誰也不知。今兒說了是我想和你說，都和你說了吧。你不知道我有多想你。為了你什麼都敢幹。我要真說了？還是說了吧，不說怕什麼事也幹不成。你以為給麻五墜蛋容易？我是費了一番心思的，我說麻五你日能啊，為了兩張羊皮你要我給你當十年長工，我不幹了，他哄我說，你等著啊鐵孩，我要到城裡搞一個粉娘回來，我先耍她，要是她早被破了身，肚裡有了旁人的種，就讓給你。我等啊，麻五這個老王八死龜孫咬住你就不放了，讓我夜夜空想，我也是人，我和麻五沒有兩樣，他想幹的我也想幹，和誰？誰不知道我是寡漢條子，窯莊女人多，哪個有你好？沒奈何我就和羊。羊讓我盡興，羊不是你，羊是畜生啊！好不容易等到了土改鬥地主，我想總算翻身了，我領麻五上茅廁，我說麻五你欠我的！麻五說是欠你的可是還不了了。我說把王引蘭給了我你就不欠了。麻五說我是趁火打劫，他現在什麼也沒有了就是不能沒有你。我看沒戲就想了一個惡招，我說麻五你不讓我好活是不是？我也不讓你好活，我給你雞巴上拴個秤砣，你要能禁受得住一後晌鬥你，也算不欠我了。他想了想不同意，我就說你要不同意我就讓農會關了你禁閉，我去強行搞你的小老婆。他就同意了。他自己給自己繫上了秤砣他要我看，我看他繫得滿緊就說行。沒有想到一個時辰沒下來他就死了。我也不是有意害他，真的不是。你聽我說完了，你說我不是為了你我是為了誰？

王引蘭癱了一樣坐下去，猛然間又想到了李三有，倒吸了一口氣說：「六里堡的李三有是不是也是你幹的？」

鐵孩有些激動，覺得自己好像是在窯莊的高台上講演，有一種充斥意義不明的暗示，暗示什麼呢？類似情慾的東西在無節制地膨脹，好想傾訴。是該說出來了，不說就不說了，越說倒越想表達，想說的欲望令他激動：「那也是為了你啊！」

麻五死了我想該歸我了，誰想到你要嫁走？麻五剛死夜裡老做惡夢就不敢和你明說。我是給你提過醒的，我想你要等麻五三年，沒想到你守不住。我幹李三有是想明幹，後來我看明幹幹不過他就想了個巧。那天，我說我是來幫他收秋，我和他吸了幾鍋子菸就開始殺高粱。我說你喜歡吃酸棗，那邊的崖下有一叢酸棗樹酸棗好大，快殺完了，你一個人殺，我去摘上來。他不讓，放我身上我也不讓。我就知道他不讓我去，他自己要去。我說我告訴你在哪。我把他領過去指給他看，他說很險。我說，是險，還是我下去吧，王引蘭說你是女人性，你哪能幹這等險活？我這樣一刺激，他就越發要下去，他拽著一條老藤往下走，老藤根上一塊石頭脫落了把他帶了下去。我繞著溝下去找，看到他死了，我當時不是盼他死，我盼他殘廢，他殘廢了日子就不好過，我來和你們一起過，我養活你們，我甘心情願。可是。他死了，我怕你懷疑是我推下他，我不敢停留就回了窯莊。我想一定是老天疼我，命中注定你該是我的。

王引蘭聽鐵孩說完覺得氣血往上湧，整個身體像撕碎的布散亂了下來，而湧上的氣血就和肉體剝離開了，眼裡流酸水，把哭的念頭強壓下去，她開始視她的肉體為累贅了。

鐵孩說：「千捱萬捱到現在，為了你有兩條命搭裡了，你我是一根草上拴的螞蚱，說什麼都沒用，拴死了。王引蘭，老天把你送給我了，讓我也動一動我的真傢伙吧，你不要這樣看我，都活到這分兒上了我還怕誰！」

鐵孩越說越激動，感覺在敘述中獲得了一種精神上的快意，他突然來了興致，放下刀在暗夜裡期待著一個美麗的時刻到來。

暗，完全降了下來，像有什麼東西也偃息了，黑，有些趨向稠和，四壁豎起，封起了相對有限的空間。氣血的湧動平復了，王引蘭感覺自己的身體楔進了暗中，像蠶鑽進了繭中，真好。看不見了，沒有什麼東西能破路而開，一股羊膻味，令她作嘔，她要找一種氣味來逼開它，她無法動了，成蛹了嗎？她積聚所有悲哀激情撿起那把刀，搖搖晃晃站起身。

她說：「來吧，來讓你看看真傢伙吧，鐵孩。」

鐵孩有些卸落了責任的激動，說：「我等得夠久了，這活兒歸你了。」

王引蘭拿著刀找準了鐵孩身體一個縫隙插了進去。「噗嗤」一聲，她感覺他身體閃爍出一種遲疑和惆悵來，他抖了起來，抖得王引蘭心顫。她躲開他的影子，看到了油菜花田，先是鼓鼓囊囊的苞蕾，星星點點，飽滿而繁密；再是冬日黑天下殘綠衰翠漸漸起了亮色，那濃郁的、高雅的、藥味兒的幽香就彌漫了她周身。她渴望的真正的春天來了，春天美得沒有辦法，她看到一個舞蹈的甩鞭人，在叫著她，小奴家，來啊，來啊，只一眨眼，她發現她看到的依舊是一片暗，是一種沒有半點生機的死亡顏色，一個聒噪的世界裡，有一種神祕的東西已經離她而去。原來她的生命裡是沒有春天的啊。她聽到血滴成陣，落地如鞭，乾巴巴地成為絕響。

地氣

一

住了百年的十里嶺，說不能住人就不能住人了。

不能住人的原因不是說這裡缺少人住的地氣。大白天看山下陰鬱一片，一到晚上，黑黝黝的村莊裡人臉對人臉兩戶人家，單調得就心慌。說誰家從前山的嶺上遷往山下的團裡了，咱嶺上剩兩戶，水沒水電沒電的還堅持著，山下的人們笑話了，咱也不是沒有本事的人，也該遷了。

原先嶺上有十幾戶人家，後來陸續都遷走了，就剩了兩戶，一戶是來魚，一戶是德庫。終於有一天來魚和德庫吵架了，兩戶互不上門，就連孩子們也絕了話題。嶺上的兩戶人不常在一起說話，山越發黑了，黑得叫人寡氣。

兩家吵架的原因說起來很簡單。這是暑天，來魚的小兒子二寶滿山瘋跑著採野果子，來魚的老婆李苗怕孩子遭蛇咬就出去找。來魚縮在房子裡不想出門。德庫的媳婦翠花上茅坑，把褲帶搭在茅牆上。農村的茅坑不分男女。來魚本來該上自己的茅坑，可是他突然想和德庫說話。出了門往坡上走，突然看見德庫的茅牆上搭了一條紅褲帶，悄悄地貓腰走了過去，用手往下拽。茅坑上蹲著的人心想一定是家貓作怪，撅了屁股往裡拽，拽來拽去的德庫就出了門。德庫出門也是想找來魚說說話，伏天過後十里嶺還設不設學校，他閨女和來魚閨女都上初中，下山到樊莊完校（注：「完校」指初中，地方話。）念書，就剩來魚的小兒子上學，來魚幾次下去找聯區不知道聯區會不會派老師來，老師不來，來魚的小兒子上學就成了問題，來魚不知道急不急。

這叫皇帝不急太監急。德庫走出院門，看見自己的茅坑旁蹲著來魚，來魚和自己的媳婦翠花在茅牆上要著一條褲帶拉來拉去。德庫站下看了半天，覺得好耍，想笑，可是接下來的事讓他笑不出來了。

聽翠花說：「死貓，看我不出去打死你。」

來魚說：「要你光著屁股出來打死我。」

翠花說：「死來魚，我當是貓，快把手丟開。」

來魚說：「你讓我進去看看我就丟開。」

翠花說：「有什麼看的？和你老婆的一樣。」

來魚說：「說一樣也不一樣，都是蘿蔔，蘿蔔也有水大水小的。你是秋天的蘿蔔，她是春天的蘿蔔，不能比。」

翠花說：「不要說黃話了，你從茅牆上給遞過一團紙來，我忘了拿衛生紙。」

來魚說：「我這就進去。」

來魚丟了褲帶從褲兜裡掏出一團紙，要進去。聽德庫叫了聲：「來魚我日你媽！」順手抄了一根木棍過去。來魚一看不好叫了聲：「媽呀，動真了。」扭頭就跑。

兩個男人在山上邊跑邊罵，碰上了找孩子的來魚老婆李苗。李苗喊著：「你們好好的瘋什麼？」

德庫說：「問問來魚，他在茅牆上和翠花耍褲帶，我要敲死他。」

李苗想：這陣勢怕是真有問題，怕來魚吃虧，撲過去死死拽住德庫的褲帶。一個用勁往前，一個用勁往後，聽得「蹦」的一聲，德庫的褲帶斷了，褲子脫落了下來。德庫叫了一聲：「倒楣。」扔了木棍朝後撂了一腳，想踹開來魚媳婦，誰知道脫落在腳脖子上的褲子限制了他的動作，反讓他掉了個仰腳八叉，倒在了來魚老婆身上。李苗說：「天光下你想怎的？」德庫說：「日你媽，我能怎的？」翻身提起褲罵罵咧咧往回走。

來魚老婆在身後罵道：「你個絕戶頭德庫！」

這時候翠花也趕了上來罵：「我沒兒子你有是不是？你娘的腳趾頭，你就等著你奶奶給你生個叔出來！」

德庫說：「不嫌丟人。」揪了翠花回了自己的當中院。

從此，當中院的德庫一家和井下院的來魚一家不說話了。

兩戶不說話了，一到天黑十里嶺越發的黑了，靜了。

二

暑天過後，十里嶺來了小學老師王福順。王福順背著鋪蓋，拿著鍋碗瓢盆上氣不接下氣往嶺上爬。爬著爬著不是個滋味了，想到自己的確是被番莊鄉教委的常小明校長耍了，就感覺憋氣。自己在下邊幹得好好的，沒想到一開學調到山上來，就因為看到了常小明和民辦教師紅豔的齷齪事，被調到了十里嶺來，他感到十二分的沮喪。找了一塊乾淨石頭坐下，掏出大光菸，掏了半天摸不到打火機，越發沮喪了。他想在這樣一個四周無人的山坡上，也許正好濾一濾自己的思想。那天常小明叫他談話，常小明說：「聽說你想調換一下工作？」「我是想調換一下工作。」常小明說：「想調換工作好啊，現在十里嶺的來魚想要一個老師上去，想來想去沒有合適人選你就上去吧！」「我不想上十里嶺，能不能換個去處？」常小明說：「工作沒有貴賤，不是說你想去哪就去哪，你要是校長你就說了算。」王福順知道再說也是白搭。自己當民辦教師當了十五年才轉正，因為轉正把小教高級職稱也丟了。自己總是有什麼地方出了差錯，什麼地方呢？他想不出來，想了半天也想不出來。自己沒有錯，要錯也是別人的錯，別人出錯你有什麼辦法？還不如不想。

抬頭望瞭望天，太陽很小很白也很晃眼。沒有打火機，抽不成菸，只能站起身來背了行李走。

王福順走近十里嶺時看到嶺上灰禿禿的，一路上連個鬼影也不見。

十里嶺坐落在山坡上，幾院石板屋，兩處石頭壘起的院壩，一眼老槐樹下的石井，一排楊樹遮掩下的雞欄豬舍，山頂上是一片鬱鬱蔥蔥的松柞混交林，責任田（注：「責任田」是大陸農村用語，指分配給個人的土地。）錯落有致地散落在村莊周圍的坡地上，構成了一幅靜謐遼遠的農家樂生圖。對色彩有特別鑑賞修養的王福順情不自禁地驚呼：「好一處神仙福地！」但經驗告訴他，這偏僻得與人隔絕的地方不是人久留之地。他把行李放到打穀場上，坐在一個閒置的碾滾上歇了下來。習慣地從口袋裡又掏出菸想抽，還是發現沒有打火機，就發狠地打了自己的腦門一巴掌。看到打穀場上曬了一些糧食，一塊一塊的用木棍隔開，有蓖麻、豆、紅穀、老豆莢、豇豆，雞們散開在中間邊找吃食邊散步，倒是悠閒自在。早知道有個十里嶺，卻沒有想到離鄉裡這麼遠。尤其這裡連電都不通，外面是啥形勢？不曉得，糊塗過春秋。回頭看到場上靠山的地方有三間磚房，牆上寫了「教學育人」四個字，想那一定是學校了。掉轉頭放眼望去看到不遠處的玉米地裡有人影晃動。他想這嶺上的人收秋也太早，八月十五還不到，就開鐮了。對著人影喊了兩嗓子：「有人嗎？那地裡有人嗎？我是小學教師王福順！」

德庫聽到有人喊，放下鐮刀和翠花說了聲：「我上去看看。」翠花說：「看什麼？來魚的兒上學，又不是咱的，你管他。」德庫說：「我是十里嶺的隊長，老師來了哪能不管？」掏出打火機點了一根菸拍了拍腿上的土往上走。走到打穀場上，看到王福順不知該怎麼稱呼，說：「是新來的老師吧？貴姓？」王福順急忙站起來說：「免貴，姓王。王福順。」德庫說：「是王老師啊，王老師好，王老師好。」王福順說：「你是這裡的？」德庫說：「隊長！德庫。」兩個人的手緊緊握了一下。

德庫開了學校的門，把行李放進去，領了王福順回了當中院。當中院是四合院，青一色的石板房，石板院，石板地。王福順心想，看來這裡什麼都缺，就是不缺石頭。德庫開了門往火上的茶壺裡添了水，掀開地鍋的蓖子，取出兩只碗給王福順和自己倒了茶水，兩人就坐在炕沿上對飲起來。王福順說：「石板房好啊，冬暖夏涼。」德庫說：「好什麼好，人都不住了。」王福順說：「十里嶺現在有幾戶人？」德庫說：「原來有十幾戶人，現在就兩戶了，我和井下院的來魚。滿算起來七口人，來魚兩口兩孩還有一個癱在炕上的老娘，我和翠花一個閨女，我閨女和來魚大閨女都上初中了，你現在教的學生是來魚的小兒子二寶。」王福順問：「就一個？」德庫說：「就一個。」

王福順越發感覺常小明是真欺負他了。一個教師教一個學生，出不了成績年終大會上拿你開涮沒商量。怎麼就沒說是一個學生呢？要說是一個學生說啥也不來。一個學生都教不好還配當老師嗎？現在既然來了，我就得好好幹，不蒸饅頭也得爭口氣。王福順說：「找些乾柴，我去把火生著。」德庫說：「這些事不用你操心，你就只管坐著喝茶，午飯家裡吃。」德庫掏出菸遞給王福順一根，王福順說：「我連火都忘記拿了，一路上乾火（注：「乾火」指菸癮犯了。），沒辦法。」德庫站起身從中堂前方桌下抽屜裡取出一包火柴遞給王福順，「有啥要求儘管說，來了嶺上這裡就是你家。」王福順有點感動，覺得山裡人真是實在。這時候翠花扛了一蛇皮袋青豆角扔在了院子裡。翠花說：「山下老師來開學了吧。」王福順應道：「開學了，開學了。」翠花也不進屋顧自忙去了。

別看嶺上人少，兩家人不說話，但是，人來去往的不說也知道。來魚心裡這幾天就操著這份心，沒想到老師來得這麼快，和李苗早早從地裡回了家。這幾天二寶到山下他小姨家串門，來魚想，得趕快叫二寶回來。「你中午叫孩他老師來咱家吃飯，我到山下喚二寶去。」來魚和李苗說。

李苗滿臉不情願地回答：「怎麼去喚？你弄的齷齪事！」

來魚斜了一眼李苗說：「翠花肥得那豬樣，有你好？你還吃醋！也不過就是耍耍罷了，認什麼真？」

來魚邊說邊從他娘的身體下抽出尿墊子來掛到院裡鐵絲上，「你一個婦道人家，還有男人的臉面重？我走了。」

李苗說：「人活一張皮，行頭也不換了？不怕山下的人笑話你是野人？」從屋子裡給來魚扔出件乾淨衣服來。

來魚三下五除二（注：「三下五除二」指很俐落。）換了行頭扭身走了。

聽得背後李苗說：「我不認真，德庫認真，我的臉不值錢，有人值錢。」

來魚嘟囔了一句：「鳥！」

午飯，兩家都做的是扯麵。李苗往坡上的當中院走，她拿不準進了德庫院子該怎麼說話，邊走邊想：我進了門先要大聲喊一句：是二寶山下的老師來了啊，不去我家倒先來麻煩翠花了？看他們怎麼說，他們一說，話就開了，下一步就好辦了。她有意放慢了腳步在當中院的大門口停頓了一小會兒。聽見德庫說：「沒味，再放點菜。」「有味有味，正好正好。」她想人家已經吃開了，進去叫，瞎扯半天不一定放碗，還不如送一碗過來也好省許多口舌。返身回了井下院，覺得想好的話不能說，還得再想。

李苗端了飯走進當中院，迎頭撞上了德庫。德庫端了一鍬炭火要往學校走，這樣兩人就碰面了。李苗滿腹想好的話在這一剎那沒了。德庫也想不到李苗會上門，有點丈二和尚：「怎麼你還敢來？」話一出口德庫覺得自己的話有點硬，閃了一下端著炭火過去了。

李苗說：「我咋的不敢來，你是老虎？還是翠花是老虎？上門不欺客，我來叫我家二寶的老師吃飯。」

翠花聽到了兩個人院子裡的對話知道話不能趕，老師在炕上坐著，趕下去怕不中聽，探出頭說：「是李苗啊，還想要吃了飯去叫你哩，二寶老師來了，也不來瞧瞧。」

「這不是給老師來送飯來了。」

「馬後炮不是？王老師要等你這碗飯，怕把尿都憋長了。」

「等不得這頓有下頓怕什麼？拿個碗來吧，也不怕王老師笑話。」

「把飯端回去得了，省佔我碗。」

「好意思？坡上坡下的，抬頭不見低頭見。放窗台啦，我可是給王老師送的飯！」

王福順在屋裡喝著湯，聽屋外兩個女人對話覺得很有趣，下炕走到了院子裡，看了李苗一眼，感覺這嶺上的兩個女人都很俊，一個胖些，一個瘦一些，胖的胖得體面，瘦的瘦得熨貼。

兩個女人一起回頭看：一身灰中山裝，模樣清瘦約莫四十歲的王福順，一隻手抹著嘴，一隻手扶著門檻，滿口牙白雪雪笑著望著她們，翠花一激靈反倒沒話了。

王福順說：「二寶是你家的孩子？」李苗說：「是我家的孩子。一個學生，你的任務是不是太重了啊，王老師？」李苗接著說：「王老師我是和你開玩笑啊，你可不要見外呀！」王福順說：「見什麼外呀？既來之則安之。」翠花說：「看人家，到底是老師。」大家一起笑了起來。

這時候德庫走了進來說：「王老師，火生好了，我不敢動你的行李，你看該怎麼樣整理就整理吧。」王福順說：「謝謝啦，真是要謝謝了。」

來魚從山下領回二寶時太陽已經落山了，落山的太陽照著各懷心事的來魚和二寶。二寶問：「爸，是個男老師？還是個女老師？」來魚說：「女老師咋說？男老師咋說？」二寶說：「女老師身上有個味兒，男老師身上也有個味兒。」來魚說：「這等於是沒說。」二寶說：「不是的，爸，女老師身上的味兒好，男老師身上的味兒？我說不出來，就和你一樣，爸。」來魚說：「你爸身上的味兒不好聞是不是？」二寶說：「不能這樣說，爸，不過也可以這樣來理解。」來魚突然覺得二寶很聰明。

來魚心裡也在想事，從山下聽說了一些事，是關於王福順好好的不在番莊教學為什麼來了十里嶺的事。來魚想把聽來的事說給誰聽，說給誰呢？不可能說給德庫，因為德庫拿了木棍要敲死他，人在該長臉的時候還是要長臉的。來魚想就自己說給自己聽吧，在肚子裡重複一遍別人的話也能解一解心焦。來魚想到好笑處就笑了一下。

二寶說：「爸，笑什麼呀？」來魚說：「我笑王福順，你的那個老師真有意思。」二寶說：「他好笑嗎？爸。」來魚說：「好笑。他逮住常小明和紅豔時，他們倆怎麼也分不開，常小明叫著，怎麼回事，怎麼回事？王福順一眼發現了問題，常小明的褲鉤鉤住了紅豔的褲襻，王福順走過去給他們倆解開，常小明還說，看來王老師你是下工夫了，我該怎樣感謝你啊！」二寶說：「爸，這有什麼好笑？下一次把褲脫乾淨了就是。」來魚突然覺得自己不該給孩子說這些話，馬上嚴肅起來說：「知道什麼？你的任務就是念書，不該知道的東西要少知道。」二寶邊走邊拿了石頭往遠處扔，二寶說：「又不是我要知道，是爸你說給我說的啊！」來魚想自己真是昏了頭了，耍耍性子耍到自個兒身上了。心裡就不想再重播山下人說給他的事。父子倆一前一後走得很是沈默。

來魚領了二寶回到十里嶺，直接到了學校。當時，王福順正在黑板上用彩色粉筆畫圖，黑板的右上角是兩個紅燈籠，燈籠上寫了兩字：歡迎。黑板的正中寫著「二寶開學」。王福順示意他們父子倆坐下，他接下畫完了左下角的一本書和一枝鋼筆。

王福順完成了黑板上內容，拍了拍手上粉筆灰。來魚一看老師動作覺得自己應該站起來了，就拽了二寶一把。王福順抬起手往下摁了摁說：「坐下，坐下，你就是二寶啦？」二寶不知道老師為什麼一下就肯定他是二寶，趕忙站起來說：「我就是二寶啦！」來魚說：「你敢學老師說話？想吃打是不是？」二寶覺得委屈：「我沒有學老師說話！」王福順說：「和孩子說話要講個平等，怎麼一說就吃打？我在問二寶話，你就不要插嘴了。」來魚咧開嘴說：「是，是。」

王福順說：「二寶同學，暑假作業都做完了嗎？」

二寶說：「報告老師，都做完了。」

王福順說：「很好。新學期馬上要開始了，有什麼打算？把你的想法告訴老師，想讓老師怎麼教你也說出來，今天雖然沒有正式開學，但是你來了，咱就來一次交談，我現在是你的朋友，記住了，以後咱們上課的時候，咱們倆是師生，下了課是朋友。你知道什麼是朋友嗎？」

二寶沒有想到老師會問他這個問題，一時沒有答上來。

來魚有點著急：「朋友就是相好唄。」

王福順說：「看看，看看，我說了不讓你說話，要二寶說，又著急了不是？你說的那相好還不如朋友好解釋。二寶來說，肯定比你爸說得好。」

二寶撓了撓了頭說：「報告老師，朋友就是在一起瞎耍，有難同當，有福同享，有吃的東西共分，還有，說不清了，好得就和一個人似的。」

王福順說：「說得很對，但是有一點你要知道，有什麼話都要交心，不瞞不騙。記住了，以後不是上課就不要喊報告老師。」

二寶說：「我知道了。」

王福順說：「那你回答我剛才的提問。」

二寶說：「咱們能不能上課下課都是朋友？」

王福順說：「能。」

二寶說：「能就什麼都好說了。我希望講課的時候多講語文，少講算術，最好乾脆不講算術。」

說到這裡來魚又沈不住氣了，「不學算術，今天我上山捋了五斤金銀花，六塊半一斤，五斤多少錢？算不清，一學期學費讓你賠淨了！」

王福順說：「著急了不是，素質教育，又不是單項的，我還不知道算術重要？關鍵是方法問題，用什麼方法讓孩子對一種東西感興趣是我今天問二寶的原因，有因才有果。我們國家的教育是猴爬杆，往上爬是目標，怎麼讓孩子心情愉快往上爬才是最主要的。好了，今天我不多說了，二寶回去準備好明天正式開學。來魚，以後教育孩子也要換個方式，不能張口吃罵，動手吃打，這陋習也該改一改了。」

來魚站起身來說：「是，是，是該改一改。王老師，晚飯到我屋裡吃，咱再談談，聽你說的怪有道理，說來我也是上過初中的，有些事就是不明白。」

王福順笑了笑，摸了摸二寶的頭說：「二寶小朋友再見！」

來魚從學校走出來後，感覺心情很是不錯；二寶也覺得王老師身上的味兒很特別，雖然他從心裡是盼望有一個女老師來。

三

這天夜裡，王福順點了油燈在燈下看一本愛情小說，看著看著覺得眼悶，哪像在山下的學校裡，兩百瓦的燈泡亮堂堂的，心情好的時候可以看個通宵達旦，現在看不得一、兩行就眼睏，不想看它了。前一任教師不知道是怎麼熬的？就想出去透透氣。

一輪明月掛在中天，灑下來的光像一層霜鋪在地上，有些涼爽。突然聽得遠處玉米地裡有銅鑼敲響，嚇了他一跳，他踮起腳看了半天，銅鑼就敲了半天，半天之後一切都靜了，看到德庫拿了鑼從遠處走回來。

德庫在學校的窗戶下側了耳朵聽了聽，貓手貓腳走回了當中院。德庫沒有看見他，他看見了德庫，德庫是想看看他睡下了沒有，德庫沒有聽到什麼動靜便轉身走了。他也不想和德庫說話，他知道農民和你嘮叨起話來沒完，東說說，西說說，又不好意思趕他走，你越不好意思他就越感覺你是在留他，所以就乾脆不要和他們多說。一個人靜靜的比說話還要好。其實德庫是想聽一聽來魚是不是在學校裡，德庫不想讓來魚和老師走得太近，也不知道是什麼原因。

王福順想起了他的前愛人愛花。王福順叫她花花。花花考上了師範學校走了，一走就是十年，其實人走了三年就畢業了。畢業了的花花回來跟他辦離婚手續，女兒五歲自然隨花花，王福順有些捨不得娘倆，但花花很決絕。女人要狠了心跟了人走是不會回頭的。王福順在花花面前哭過求她留下來，花花說，你不哭倒還好說，一哭我更決定不留了。王福順心想，我操，男人的眼淚如此的不值錢？去他媽的完蛋就完蛋。兩個人最後一次做了愛，第二天就辦了手續。王福順和花花最後一次做愛時，王福順沒有哭，花花哭了，王福順也想哭來著，就是沒有哭下來。也就是說在最該要哭的時候，他頂住了，之後就不想那事了。今天他突然想起，是因為他看了那本愛情小說。他和花花在番莊鄉是公認的般配的一對。實際現在看來他們是一對沒有愛情可言的夫妻。他為她提供的是肯定的現實，她不要肯定，她要的是不確定的將來，也就是說，花花是浪漫的，王福順是現實的，「你以為我滿足這樣的生活嗎？」花花在省師範住了三年，眼界很有些開闊，對於婚姻家庭愛情這類問題，花花有自己的看法，這些看法，與她和王福順結婚前的想法完全不一樣。王福順在三年中對婚姻之類的看法沒有變。人家變了，你卻不變，兩人的關係能不變嗎？婚姻不過是一種契約，那張紙一扯就破。人們並沒有因他的「不變」而給他一點尊敬，反倒說他連個師範生老婆也留不住，哄不住。女人本來是要哄的，連哄女人的本事也沒有，一個大男人還能幹得了什麼？常小明不欺負他這樣的人還欺負誰去？今天看那本愛情小說，王福順就想起了花花，想起了常小明。常小明非但沒有給花花做工作，反倒說我王福順「強姦了人家的青春」。王福順再沒有心思往下想了。

王福順沿著場邊的路繞了一圈，路旁的地裡好像種的都是土豆，匍匐在地面的秧子黑乎乎一片。山裡的小路很靜，只聽到王福順踩著月光的腳步聲「沙沙」響。

早上八點鐘，來魚領了二寶來上學。王福順在講台上坐著，二寶在講台下坐著，來魚在門口站著。這樣的一對一教育方式真是少見，王福順有點感覺像耍猴的意思。二寶是猴，我耍二寶，我是什麼？也是猴。常小明耍我。常小明也是猴，誰耍他？是上一級領導耍他。突然覺得這樣說有點欠妥，應該是紅豔耍他。不就是讓我教一個學生嗎？我就教給你看，我倒要看看誰耍得了誰！王福順的思想突然跳了一下，想起了昨天夜裡的鑼聲問來魚：「昨夜裡誰在敲鑼？」來魚說：「山豬拱土豆，嚇唬山豬哩。王老師，是不是驚嚇你了？」王福順說：「那倒沒有。」來魚說：「沒有驚嚇你好，農村有農村的響動，城市有城市的響動，那打樁機啦，警車救護車的，聲音也夠嚇人的。你來了慢慢也就習慣了。」

王福順點點頭清了清嗓子說：「二寶同學，今天開學，你就是一名小學五年級學生了，表明在上個學期的基礎上將要更上一層樓。看到黑板上寫的字啦，那麼我現在要求你大聲把它念出來。」二寶大聲的念道：「歡迎二寶開學。」

二寶就正式開學了。

翠花和李苗見了面打個哈哈，德庫和來魚還是不說話。時間一長王福順發現了他們之間有問題，一時半會兒弄不清，問二寶：「你們為什麼不和當中院一家說話？」二寶說：「爸和翠花姨在茅牆上耍褲帶，德庫叔看見了拖了棍要敲死爸，就不說話了。」王福順想，這叫什麼事？就想在一個合適的時候讓兩家坐在一起，有什麼解不開的事，抬頭不見低頭見，莊戶人鬧什麼意見嘛？王福順星期日下山走了一趟置辦了一些酒菜，回來後把兩家叫在了一起。

王福順說：「我來了也有些時日了，你們對我的照顧我從心裡感激不盡，今天把大家叫到一起來是想說說話，近乎近乎，再說，後天就是八月十五了。」翠花說：「日子太快，又到八月十五了？我還沒有發麵打月餅哩，可不月亮都圓成鍋了。」翠花站起身走到門口望瞭望天，這期間誰也沒有接她的話。

王福順說：「來魚你幫我把那瓶酒打開。」來魚咧開嘴用後牙咬開酒瓶蓋，放到併好的兩張課桌上。王福順又說：「德庫你把那瓶紅酒也打開，咱不能忘了女士。」德庫也咧開嘴用後牙咬開了那瓶紅酒蓋，放到了桌子上。王福順拿了碗倒了三碗紅酒三碗白酒，三碗紅酒放在了李苗、翠花和二寶面前，三碗白酒他讓剩下的男人自己端。王福順說：「來，都端起來。」二寶不敢端，手縮縮進進在桌子上來回磨，眼睛看著來魚。王福順說：「怕啥不敢端起來？十八歲成年，現在已經是半成年了，要是在舊社會你都娶老婆了，這是紅酒又不是白酒，我心裡有個尺寸，端。」二寶笑著咬了下嘴唇端起了碗。

王福順說：「首先我來一段開場白，千百年來我們老祖宗稱讚這種東西為瓊漿玉液，許多與酒有關的故事極富感情色彩，什麼舉杯邀月啦、把酒壯行啦、縱酒歡歌啦，這些咱都不說了，這麼著吧，酒是現今社會生活中最活躍的，最能表達情感的一種物質，咱今天晚上喝酒就是為了交朋友，來，咱們一起來碰一下。」所有碗一起湧向了王福順。

「不能光和我碰，我先一個一個來，然後是來魚然後是德庫李苗和翠花二寶。」王福順指過去和他們一個一個碰了一圈，大夥就一起喝了一口。接下來是德庫，德庫遲疑了一下也端起了碗說：「今天用王老師的酒來敬王老師，王老師為一個孩子上山就值得我敬。」和王福順碰了一下喝下去了。來魚馬上接著說：「我是二寶爹，以學生家長的身分敬你。給你滿上，來，感情深，一口悶，要是有一點殘酒，罰我十杯。」

王福順說：「咱是喝了六下了，這叫六六順。人活著應該順順當當，你呀我呀他呀，彼此之間也應該順順當當。你們兩家兩個孩子在山下上學，十里嶺現在連我一共六個人，六個人在一起還能不順順當當嗎？能有啥過不去的？一點雞毛蒜皮還值得疙疙瘩瘩？一起乾！」王福順一舉杯，二寶也跟著舉杯，德庫兩口和來魚兩口卻有點遲疑了，兩家的關係叫王福順一點透，反倒不好意思起來。王福順說：「是我請你們是不是？不給我面子是不是？常小明小瞧我，你們也小瞧我是不是？算了，今天的酒到此為止。」那架勢有點要收筷子，德庫和來魚坐不住了，不等王福順說話就一起端起了碗，碗和碗不自覺地碰在了一起，嘴裡同時吐出了一個字：「乾！」王福順說：「好，乾就乾個痛快！」一個「乾」字讓酒碗從這邊晃到了那邊兒，又從那邊兒晃到了這邊兒。一忽兒之後煤油燈下的嘴臉有些歪歪斜斜了，哥啊弟呀的懸空打著手勢，喝紅酒喝完了，喝白酒的第二瓶已經開始。

王福順從包裡取出月餅來要喝紅酒的人吃，「今天沒有準備晚飯，月餅就是晚飯。你們女人不要笑話，我沒有喝多，來你們十里嶺教書，我是一百個不情願，哪有一個老師教一個學生？在番莊鄉我是教導主任，不算個官是吧？但全番莊鄉的老師和學生我都管。我二十年工齡，前年轉正，民辦教師總算是到頭了。誰知道今年評職稱，年齡忽然不夠二十年了，小學高級職稱被常小明黃了。我找他理論，我說，轉正二十年夠了？評職稱二十年就不夠了？常小明到縣教委查我檔案，說我差三個月，也就是說我轉正都轉早了。轉正他幹不掉我，備案了，送市教委了。職務受了處分。」

德庫有兩口貓尿仗著說話底氣就衝，聯想到身邊的事心裡就憋屈得慌。仗了膽說：「王老師，有個事想問問，是不是你看到了常小明和紅豔有那事？不要怕他，你說出來。」來魚知道他要說啥，指了二寶和李苗說：「小孩子家，送他回去看看娘，大人說話娃娃家不用聽，二寶拿上王老師給的月餅走吧！」李苗拉了二寶走，二寶戀戀退下了酒桌。來魚說：「李苗，送回去就來，咱不可涼了王老師的菜。」

德庫目送二寶和李苗走過打穀場後，就覺得缺少了一個真正的看客。王福順有些猶豫：「不知道該不該說？要在西方揭露別人的隱私是犯罪，咱們國家說這些也就是閒扯淡話。我也是有兩口酒仗膽，瞎聊吧。從什麼地方說起呢？從紅豔說起吧。不瞞你們說，紅豔是我的第一個戀人，更確切的說，我是紅豔的第一個戀人。為什麼要這樣說，主要是我當時並不喜歡紅豔。不是人家紅豔不好，是我們彼此不合適。這種事不能勉強。年輕時候談戀愛斷就斷了也沒有個啥。去年資助貧困山區教學款項撥下來了，也不多，五萬塊錢，常小明並沒有把這錢用到教學上，大面上買了一些教學用具，剩下的說是用於活動經費了。也就是說，錢是國家的，錢可以給張三，也可以給李四，你不給點好處費，人家憑什麼給你？事就出在我的嘴上和眼上了，我看到常小明從這一筆款項中買了一台彩電送給了紅豔。那是一個天黑不見五指的夜裡，我想問問紅豔弄個究竟，在紅豔門口聽到了常小明說，這一筆扶貧款先扶你一台二十五吋彩電，下一次給你弄個冰箱，紅豔就笑。那一種笑翠花和李苗笑不出來……」

來魚接了說：「得了便宜賣X的笑。」

王福順說：「不能那樣兒說嘛，我一直認為紅豔是一個比較單純的女人，真的不想讓她因為一台彩電壞了名聲。他們連門都沒關，咱農村也沒有敲門的習慣。我一進去看到了他們倆擁在一起。一見我鬆了手一起往後站，常小明的褲鉤鉤住了紅豔的褲襻。這事我並沒有和別人說，能說嗎？誰知道隔窗有耳，不知道誰聽了說出去了。說出去事小，關鍵是有人寫了上告材料，上告材料上的落名是我王福順。我可以大聲說，這不是我幹的。常小明以為是我幹的，發狠說要整我。」

來魚說：「為什麼不告他？」

王福順說：「告他？我不願意壞了紅豔的名聲。紅豔戀我是真心的，她早勸我和常小明搞好關係，和單位領導弄僵了不會有好果子吃。人在社會上混，總得有個靠山，大靠山沒有，也得有個小靠山，單位領導就是小靠山。要學會說話，說軟話，好話，紅豔還說，你不是叫王福順嗎？福順福順要福就得順著人家，要不起這個名字做啥？我是說過告他，他說，想告我？好啊，一個人活著連老婆都守不住，自己閒下來看別人玩轉活了，眼紅了是不是？生活作風問題現在還是個事？我說我不告生活作風告工作作風問題。他說，我工作有問題嗎？舌頭沒脊梁啊！法律是講證據的，你不是在搞黨校文憑嗎？報的法律專業是不是？學好了再來和我理論！」

德庫說：「他簡直就不是個人，是個鳥！」

這時候李苗走了進來，看到一個個生氣的樣子，想是不是德庫又生來魚氣了？趕快說：「來魚耍耍性子，還生他的氣？來魚喝多酒了我來給你賠個不是。疙瘩宜解不宜結，就兩戶人家，王老師不是要我們和和順順嗎？」

翠花說：「不是，生啥氣啊，你和我就坐下來聽，比起人家王老師咱那事算啥呀。」

王福順說：「不算啥，就我的事也不算啥。」

來魚說：「尿他，好漢能讓尿憋死？你安心到咱十里嶺教書，學生少是不是？明天我和李苗有活幹活，沒活來聽你講課，把我倆當你的學生好了。聽清了沒有？我問你呢李苗！」

德庫接了話：「是說給我聽，是說給李苗？我是隊長，明天割完穀擔到場，我也來聽，噥？」德庫用嘴噘了一下翠花。

翠花正從心裡為王福順打不平，看德庫這麼一「噥」點了一下頭說：「我知道該怎麼做。」

王福順就有點激動了，「你們的心情我領了，一個學生對我來說和多個學生沒有兩樣，從明天起我會更正規地教二寶。」好像自己以前教二寶就不正規似的，想再補充一下，嘴裡卻說：「乾。」

「乾。」

十里嶺的人被王福順搞得居然沒有一絲兒睡意。瓶中的酒還剩下不多，有點不捨得喝，德庫建議划兩下圪擠圪擠。有獾在土豆地裡拱吃，他們也不想敲鑼，猜拳聲漫過十里嶺疾捲過土豆地也沒有把獾嚇走，獾抬起頭聽了聽又低下了頭喝哧喝哧拱了起來。

四

早上二寶做完廣播操開始按王福順排列的課程表上課。第一節是算術，二寶不想聽，眼睛不時往外看，看到德庫和爸擔著穀一挑一挑地送回來放到場上，媽和翠花姨用鐮刀切穀穗，她們說說笑笑的，二寶一高興就想著第一節課快下了好到穀穗上去打滾。

王福順發現二寶心不在焉，敲了桌子說：「二寶，知道我問你什麼了？」二寶說：「問我什麼了？」「問你中國古代算術為什麼會在世界上遙遙領先？為什麼在漢朝初期到隋朝中期會出現發展的第二次高潮？」二寶瞪大了眼睛，王福順說：「不問你這個了，問個簡單問題，算術重要不重要？」二寶說：「重要。」王福順說：「說說怎麼個重要法？」二寶又瞪眼了，王福順說：「十減九等於？二寶回答？」二寶不用想就肯定地說了出來：「一。」「不錯是一。但是，就這個一它包含的道理就不是一個簡單的道理。有一種球叫保齡球，你沒有見過，我也是在電視上見過，它的形狀像一個朝上的嘆號，十個朝上的嘆號站在一起，一個人用手抓一個圓球往朝上的嘆號身上扔，準確地說不是扔是滾，滾過去倒下去的就得分，每個球得分是從零到十。這十分和九分的差別可不是一分，因為打滿分的要加下一個球的得分，如果下一個球也是十分，加上就成了二十分。二十分和九分的差別是多少？如果每一個球都打滿分，一局就是三百分。當然了三百分太難，但電視裡的高手打兩百七十、兩百八十卻是常有的。假如每一球都差一點，都是九分，一局最多才九十分，這差距是多少？二寶同學，你現在心裡肯定想著練好滾球就能得高分，這與算術沒有關係，但是，你想錯了。首先你與這一種朝上的嘆號球就有一段距離，我託人打聽過了，打這種球一個小時要五十元，如果按錢來標價，咱和城市人的距離也就是一個小時的價錢，但這一個小時的距離就需要你現在來努力了，你不想學算術，人家門門功課都學得好一點都不偏，你肯定會掉隊，七年下來不用說考大學沒有希望，就是在十里嶺種土豆也不會賣出好價錢來，因為你不會算帳。這時候的差距就不是十減九的問題了，是一減十的問題啊，二寶同學這時候後悔乾糧就沒得賣了。」

二寶憋了一泡尿想瀉，回過頭看到媽和翠花姨不知什麼時候已在教室的門墩上坐著，爸和德庫叔拄著扁擔站在門前，眼睛一時間凝結得紋絲不動，好像走進了高深莫測的科學殿堂。

來魚說：「看王老師講得多好，二寶要專心聽講，咱不能老在這山上，爸遷往山下，你遷往城裡，你也領爸去打那嘆號朝上的球。」

王福順說：「休息十五分鐘，下一課是音樂，好，起立，下課。」拍了拍手上粉筆灰迎著十里嶺的人目光走出了教室。這樣的注目好久感覺不到了，王福順放開步子誇張地走到場邊看著遠處大聲地說：「好個豐收的秋天！」王福順想人就得學會和環境共處，該牛逼的時候就得牛逼一下，這樣也符合生存要求。鑲嵌在藍天白雲中的太陽暖暖照射下來，兩個女人斜在穀草上，屁股翹翹的，穀穗在鐮刀一挽一挽時掉下來，一股細弱如煙的灰塵嫋嫋繞繞，閃閃爍爍在她們周圍舞動。王福順平穩地從她們頭頂看過，看到穀草上攀結的青豆角舒展著一副鵝綠色笑臉，由不得舒心地笑了笑，一口白雪雪的牙跳躍著露了出來。翠花一激靈，被這一口白雪雪的牙觸動了，男人要有了一口白雪雪的牙，這個男人一定不會和土疙瘩打交道。順著王福順的眼光一起往遠處看，遠處是連綿不絕的綠，連綿不絕的千溝萬壑。

德庫和來魚挑了扁擔往各自的谷地去，德庫說：「我聽說你下山找了團裡的支書，遷戶的事說好了？」

「說了，他說要下戶光管住，不管口糧地。」

德庫說：「山下住回山上收糧食也行啊，你的精神足，一年也就幾個來回，省你到了大村和人家的小媳婦耍褲帶。」

來魚一聽話裡有話就說：「喝了王老師的酒還不消氣？要我個男人家怎麼和你說？我是真沒那意思，就說咱這山上沒啥娛樂，也不可能在家門口做那事！要信咱以後就不提這事了，你要不信我說甚也沒用。」

「我相信你也沒那膽。」

「那你遷戶的事也和山下說好了？」

「說好了。年後遷，我老婆的姐夫答應勻我一些地種，只要能下戶就不怕沒有地種，當支書又不可能當一輩子，你給他送兩條菸什麼事解決不了，現在社會上就興這個。」

「有地種就好，種地是根本，咱農民要沒地種就等於斷了手腳。我收了秋要出去搞兩天副業，你出去不？」

德庫說：「出去。」兩人在路岔口分了手。

翠花和李苗坐在穀穗上看著王福順教二寶唱歌，二寶從嗓門裡發出來的音不大正，有些竄動。「一棵呀小白楊，長在大路旁——」王福順說：「二寶同學，要亮開嗓子唱，不要捏噝噝的，跟我一起來。」二寶跟了唱：「也棵呀小柏楊，長在大路旁——」王福順說：「yi一，不是ye也。bai白，不是bo柏。要咬準字，然後才能字正腔圓。」二寶就咬了字唱，結果是越唱越糟糕，惹得穀場上的兩個女人大笑了起來。

這一夜的井下院就聽二寶反覆在唱「也棵呀小柏楊」。

五

收完秋十里嶺的兩個男人都要出去搞副業，在背了行李上路時把兩個女人同時託付給了王福順。王福順感到重任在肩，這不僅是要給二寶教好學的問題，更主要是身邊一下子落了兩個女人，有點不好處事。要在往日，王福順總覺得什麼都正常，該說該笑，該打該鬧，甚至當著女人面說些葷話，也沒有什麼，可是現在，他卻感到像丟了魂似的，不知道該跟這兩個女人怎麼相處。也日怪，兩個男人剛走，兩個女人早早打扮光亮，取了針頭線腦到學校和二寶一起聽課。

王福順穿了一件藍色中山裝，粉筆灰撒落在袖子和衣襟上，像染上了一層霜。兩個女人看著講台上的霜人兒心裡生出了一絲兒疼痛。王福順的課講得有點不大利索。「停一停，我喝口水。」王福順端著茶缸有一些彆扭。想：我王福順是誰？是有教養的、講道德操守的教書人，像常小明那樣的宵小對女人持抱不放的「有色人種」，我王福順是看不起的。孔夫子在兩千多年前發出了鄭重的告誡：「非禮勿視。」非禮的形態往往是令人心跳的，沒有幾個人能自覺斂目不視。孔夫子的畢生終歸是苦行者的遭遇，他對自己的器官的約束，使他成了聖人，我王福順不是聖人，但絕不能越出自己要求的道德底線。當然，要想不超出就得自覺抵制。

幾天下來王福順決定執行第二套教學方案。他在課堂上說：「你們倆，從今天起不要來聽課了，小學五年級的課你們又不是沒上過，你們來了影響了二寶的注意力，當然，我從心裡是希望學生多一些，但是，怎麼說畢竟你們也不是學生！」

李苗趕緊說：「不影響了，只要王老師說話，我們怎麼做都行。」挽了翠花的胳膊想拽她起來走。

翠花心裡有一些遲疑，王福順咧著白雪雪一口牙看她，翠花說什麼也不想走了，扭回頭和李苗說：「都是你影響了二寶，要回你回吧，我還想聽一會兒。」李苗有些不高興了，「明明說是咱倆影響了，怎麼倒沒有你的事？小學是基礎，不是你兒你不怕！」翠花弄了個沒趣，站起來走出了學校。

一路上翠花和李苗沒有說話，話到這時候說有點多餘，各懷心事一前一後攏著袖回了自己的石板屋。

翠花盤腿坐到炕上，想自己在王福順面前被李苗說了個沒意思，真不是個滋味。就越發想見王福順，想找一個藉口，想起好長時間沒有看到城市的燈燈火火了，正好叫王福順去。記得那時候山上的人多，夏天裡夜長，幾個人相跟著上山看遠處，遠處灰濛濛一片要等到天黑才看到一粒兩粒的燈光亮起來，那還不算好看，等到成片的燈光亮起來才好。它和天上的星星不一樣，天上的星星太遙遠看上去有一股寒心的涼氣，遠處的燈光在幽暗填充的大片視野下，它是激蕩和跳躍的。想像燈光下生活的男男女女，老老少少，心裡會生出一股熱氣，就感到城市百態進入了他們視野。他們開始高聲談論，說什麼時候也要進一趟城裡，也去逛逛歌廳，現在城裡的女人都是一付骨架子，小腿細得像鬼骨頭，走起路來一扭一扭，扭得人不好受還難受；男女在一起有人沒人貼了嘴親；又說城裡偷兒多專偷鄉下人口袋；走路好好的偏說你撞了人家，要你賠！敢說一個不字，倆耳光上去還得賠。城市也就是只能看看，不是咱存活的地盤。這樣想著翠花跳下炕走出當中院走進了井下院。因為想和王福順上山有些興奮，覺得把李苗叫上比較合適。翠花這麼想就忘了李苗在學校說的話。進了院翠花喊上了。

「好長時間沒有上山了，咱叫上王老師一起去吧？」

李苗在屋裡應道：「是好長時間了，不知道他去不去？」

「咱去問問他。」

李苗走出來說：「山上真是不能住人了，看人家山下電燈電話電視交通又便利，有個聯繫也方便，咱這算啥？當初嫁來的時候，想山上人少地多富裕得快，哪想不是這樣，嫁雞嫁狗一輩子嫁對了就對了，嫁錯了只能錯。」

這時二寶唱了「也棵呀小柏楊」走進來。翠花說：「二寶，晚上去看燈燈火火，你問一問老師，說我們不敢去想叫他一起去。」二寶扔下書包跑去問王福順。

翠花說：「我不等了，回去找件厚衣服。」

走出井下院，翠花邁小了步子，想看看王福順到底去不去，站著等二寶問話回來。翠花想王福順要去才有意思，從那白雪雪的牙中吐出來的話她想聽。農村人不管長相如何，滿口牙齒高高低低一張嘴就漏風，連字都咬不清，像那二寶「柏、白」不分。想著想著翠花就哼起了小白楊，二寶走了過來，二寶說：「翠花姨，你唱得真好，抒情得很嘛，比王老師唱得都好。」

翠花說：「姨上初中時是宣傳隊的骨幹，啥也會幹，你以為就現在這個樣子。」二寶說：「現在這個樣子也好嘛，還生了一個姐姐就很美麗。」

翠花心想，二寶會說「抒情」和「美麗」了，這孩子將來興許真能成了城裡人，自己要有兒多好？真得想辦法了。就說：「二寶，看你多有福氣，一個老師教了一個學生。」

二寶說：「姨才有福氣，我和王老師說是姨叫去，王老師一聽就說要去。」「姨，我要回去寫作業了。」想到要和王福順上山頭看燈燈火火，翠花心跳得加快，三步併兩步回了當中院，翻箱倒櫃找出一大堆衣服，換了一件又一件，裡外換了個新。

沒等天黑透，十里嶺的人拄著棍出發了。王福順打頭裡走，二寶夾中間，翠花和李苗拉著手在後邊。星星在天空閃閃爍爍，有半個月亮透出雲彩射下亮旺旺的光來，時而有一陣風從山腰吹過。李苗說：「我忘了多穿一件衣服，山頭上風毒。」翠花說：「爬山衣服多了是累贅，我都覺得自己穿厚了。」這時王福順插了話進來，「我沒來之前，你們是不是經常上山看遠處的夜景？遠處除了燈光還能看到什麼？」翠花說：「啥也看不到。」二寶說：「看得到，還有一團黑。」王福順扭回頭笑了起來，「二寶還會笑話人哩！」

山頭上無聲無息，周圍松樹在夜幕中湮成了更為深暗的墨黑，人站在高天遠地中有了一種莫名的激動，看到模糊成一片的遠方有絲線一樣的亮劃過來劃過去，山風吹得眼睛有些發澀，城市是一年一個樣，到底變成啥樣子她們也不知道。

王福順說：「城市要比鄉村豐富，卻沒有鄉村樸素。城市人花花腸子多。」

翠花想起了城市戲班子來番莊唱戲。四月十五是關帝廟會，她住在姐姐家看戲，那天下午好像唱的戲文是「十二寡婦征西」。廟會上唱啥戲對青年人來說並不重要，戲是老年人看的，閨女媳婦穿了新衣新褲去戲場，可以說不是看戲主要是去叫人看的，當然自己也看別人。常語說得好：上廟會幹啥去？比臉蹭屁股勾膀子去。熙來攘往，摩肩接踵，讓人瞧，瞧別人，人要是不瞧人，穿新衣新褲幹什麼去？那時候翠花剛結婚，人沒有現在這樣兒胖，長得白淨的翠花往人堆裡一擠就有人死盯，盯她的人不是番莊鄉的後生是劇團裡的人。小夥子下午盯晚上盯，人聲嗡嗡鑼鼓轟轟，小夥子說，你跟我出來，我有話兒說。她的心通通跳就跟了他走。怕人看見和他拉開了一段距離，甩開賣香燭的、賣丸子的、賣炸糕的、賣包子的，過了河是一片莊稼地，她有些遲疑，德庫在姐姐家打麻將，她該不該跟著這個男人走？那男人一口白牙撩得她心亂，不由自主就跟著進了莊稼地。他把她壓倒在一片玉米棵子上，嘴在她臉上親，她想挺一挺，可就是挺不起來。身子像麵條一樣軟。那人解開了她的褲帶，然後就像一匹馬一樣在她的身上奔騰起來。翠花懷疑自己的女兒就是那人兒的，一點也不像德庫，德庫尖嘴猴腮。但是，這種事情只能說是懷疑，只能一輩子爛在心裡。知道劇團那個人是不會對她有真情實意的，甚至沒有問他叫什麼名字只記得他有一口白雪雪的牙。她和德庫是自由戀愛，十幾年過了到底也沒有在她肚裡種下第二粒籽兒，也就是那一次過後她才知道德庫那東西立起來沒有人家耷拉下來的長，她如何去言說她的委屈？日子就這樣一天天過去。她是空有一腔柔情。

王福順卻想起，遠方燈光下有一條河，他曾經和花花在這條河邊散步。那燈燈火火挨挨擠擠、磕磕碰碰，王福順知道那燈光中有他曾經的花花，一個熱衷浪漫的女人。她此時也許正在一個他不認識的男人懷裡，她還以為她是在追求愛情，什麼狗屁愛情！她曾經和他說過：我的愛情不應該生長在鄉村，最好的生活方式是城市。城市帶給花花的就是這些嗎？王福順拒絕進城，有三年了吧。他現在看那些燈燈火火是懷著一種鄙視的目光來看的。看到身邊這兩個女人激情滿懷的樣子，想，人真是不知道什麼時覺得什麼好，知道了什麼時覺得什麼都他媽的扯淡。

二寶搬了石頭從山上往下滾礓石，石頭落到山溝裡發出空洞的響聲。李苗有點冷，上身抖抖縮縮來回晃悠。王福順脫下自己的衣服要她穿上。李苗說：「不用不用，你沒有經過這山風，要感冒了就不好辦了。」翠花也應著不要王福順脫衣服。王福順說：「德庫和來魚走時把你們託付給了我，我不照顧誰來照顧你們？」李苗不好再堅持就穿上了。有一股淡淡的菸味兒衝著鼻口進來很好聞。翠花說：「穿上王老師的中山裝暖和了吧？」李苗咧了嘴笑著說：「是不是想讓王老師也給你脫一件？」王福順說：「要是冷，我就脫一件給你穿上。」翠花的心一熱撩起外衣要王福順看她裡邊穿的紅毛衣，「你看我是穿了毛衣的，捂得我想要出汗了。」可惜天黑王福順看不見，就是能看見了王福順也不看，有些東西不能看就不應該看，現實只能滿足眼睛的有限範圍，有限範圍一擴大人的欲望就不大好控制了。

王福順說：「其實城市裡沒啥好看的東西，有一些新潮的東西不斷冒出來，有錢的人花錢買一切，沒有錢的人想盡一切辦法賺錢花。有些東西是換湯不換藥，比如說，城市裡流行好多東西都是我們鄉下傳過去，吃上頭的蕽蕽菜，城裡人叫苦菜，在飯店裡一盤賣十塊錢，在咱鄉下豬都不大想吃。現在城市裡人都轉換過來了想吃粗糧，說粗糧怎麼有營養能降血脂降血糖，女人吃粗糧不容易發胖。」二寶接上說：「我知道我知道，鄉下人剛有糧食吃飽城裡人就吃草哩，鄉下人剛用紙擦屁股城裡人就用紙擦嘴哩，鄉下人衣服剛穿暖城裡就想脫光哩，大街上年輕女人淨露肚臍眼兒。」李苗呵斥兒子：「花馬吊嘴的，從哪裡聽來？」二寶說：「不用管我從哪裡聽來，問問王老師，是不是這樣？」王福順笑了：「我也聽人說過。」翠花笑著說：「是王老師教給你的？」二寶說：「不是不是，姨就別問了。」

大家又笑了一陣。翠花望著遠處說：「城市裡的樂兒能出花樣，還是城市裡好活。」李苗接了話：「二寶，要好好的跟王老師學文化，將來進了城也領媽打打王老師說的那種嘆號朝上的球。」二寶就大聲對著空曠的遠山喊道：「我要到城裡去！」

那天晚上，王福順在炕上翻烙餅，睡不著起來抽菸，抽了幾支，躺下還是睡不著。他和常小明處不好，和花花處不好，和紅豔處不好，和周圍有些人也處不好。上下級之間夫妻之間朋友之間，怎麼處才能處好？他不會來事，也不願意學那本事；不會鑑毛辨色，不會看風使舵，不肯違心說話，希望和人相處多一點真誠。結果呢，成了個失敗者，和領導和妻子和朋友相處都是個失敗者。常小明把他打發到十里嶺來，也許給他找到了一個最好的去處，也許他只配在這裡待下去。

王福順這麼一想，腦子裡就靜了下來，開始有點迷糊了。迷糊中看見了兩點星光，星光閃閃爍爍，卻越來越明亮起來，那是一雙眼睛裡放出的光，那人坐在教室的最後排，全班年齡最大的一個學生。幾年過去了王福順現在想起來那雙眼睛就成了一種痛……星光漸漸消失了，王福順也睡著了。

六

秋意越來越深了，濃了。

蒼白的雲懶散地走過空虛而沒有聲息的田野，在十里嶺頭上消逝了。白天越來越寂靜，一切好像被霜寒凍僵了似的，太陽朦朧得光芒盡失，有鷹貼在藍天上飛翔。

王福順和二寶坐在火爐上，面對面教學。二寶膝蓋上放了一塊木板，有寫字本和課本，這是王福順想出來的點點。以前那種台上台下授課方式因天氣變冷讓王福順感到很不舒服，坐在火爐上邊人就暖和多了。

二寶感覺不是那麼好，時間一長煤煙熏得有些頭暈。二寶不敢說就頻繁地出外撒尿。學校和德庫家是一個茅坑，以往上茅坑，要是有人在裡邊牆上總是搭條褲帶，現在不知道因為什麼二寶去茅坑老碰見翠花姨在茅坑蹲著，牆上卻不見了褲帶，二寶很尷尬。對茅坑上的翠花說：「翠花姨，咋不搭條褲帶在茅牆上？都撞見好幾次了，為什麼老佔茅坑？尿真是太多啊。」翠花邊繫褲帶邊往外走：「不好好上學，老往茅房跑是不是想偷懶？」二寶說：「不是偷懶是煤煙熏得我喉嚨麻辣，想出來透透氣。」翠花問：「王老師在教室做什麼？」「看書。」「看什麼書？」「外國書。」翠花走了幾步又返回來等二寶。等二寶出來翠花說：「回到教室告訴王老師說我找他有事，要他來當中院一趟。」二寶說：「找王老師自己去好了，有什麼事不能和他當面說要我傳達？」「認識了多倆字就學會強嘴了？告訴王老師就說我要他來拿雞蛋。」王福順來到十里嶺後見翠花和李苗沒事取了麥稈編草帽辮，問她們編一個草帽辮要多長時間。她們說二十圈要一天時間，拿到山下賣六毛錢。王福順算了一下一天賣六毛十天賣六塊，一個月賣不到二十塊，王福順決定以後買她們的雞蛋來貼補生活。後來王福順發現她們該編草帽還編草帽，倒是兩家因為雞蛋買多買少有了一些臉上臉下的話，話不是太難聽但話裡有話。王福順又決定一家供一個月雞蛋，誰也不讓吃虧。

二寶說：「我媽早上才給王老師煮了雞蛋，你把雞蛋給芳芳姐姐煮了帶到學校吃吧。」翠花有些吃驚，「你媽給王老師煮過幾回雞蛋了？」「好幾回了，王老師還給我媽送過東西。」翠花越發地吃驚了：「送了什麼東西？」二寶說：「好東西，我媽不讓我看是用紙包著。」翠花想自從王福順不讓到學校聽課，自己一天鑽在當中院什麼也不清楚，現在倒好人家都送東西了自己還涼著瞎想。「回去告訴王老師說我找他有事緊著商量。」二寶唱著「也棵呀小柏楊」蹦蹦跳跳地走了。

二寶走進教室和王福順說翠花找他，王福順抬起手錶看了看安排二寶寫生字，說：「去去就來。」

王福順不知道翠花找他商量什麼，知道找他一定是有事，沒有多想就走進了當中院。王福順在門外說：「找我有事？有什麼事？」

「進來說話，不就知道了！」

王福順進去坐到爐台邊，火台上烤了一把南瓜子，王福順抓了嗑起來。

「其實也沒有什麼事，想你的雞蛋一定快吃完了，我準備好了要你來拿。」

王福順說：「我正好沒了。」

翠花就想，明明李苗給你煮了雞蛋，你倒說沒了。就說：「是不是喜歡吃煮雞蛋？我在鍋裡給你煮著呢，你等三、五分鐘就好了。」

「李苗也給我送了煮雞蛋。」王福順說：「德庫有沒有來信？外面不知道是啥情況？」

「能有啥情況？天當被地當衣，幹一天活賺一天錢活一天唄。」王福順聽翠花這麼一說一口白雪雪的牙一露笑了起來。翠花打了個激靈，眼睛看著定定的就直了。因為屋裡暗王福順也沒注意到這個現象，覺得這屋裡比他剛來的時候乾淨多了，好像還有一股香胰子味飄出來起起落落。

「聽說你們過了年就要搬到山下，地契也買了，房子要等到明年春天起？」王福順問。

「搬不搬吧，搬下去又能怎樣，還不一樣兒圍著山轉。」

「圍著山轉不好？」王福順又問。

翠花覺得自己的眼睛都有些酸了，話還沒有進入主題，就撇開王福順的問話說：「一個人在山上挺孤單吧？」

「孤單？要說不孤單是假。」

翠花說：「那你夜裡睡不著不想事兒？」

「想啊。從教導主任落到現在這一步，想起來就一肚火。你想，人家借了我的事去告常小明，還打了我的名義，我說不是，誰信？」

「我信。」

「你信？」

「嗯。」

王福順又笑了起來，「你信能頂什麼用？你是鹹吃蘿蔔淡操心。」

翠花說：「真看到他倆貼在一起了？」

王福順說：「不說那事了。」

翠花想我偏要說那事，我不光說那事還想做那事，我不信你王福順不想那事，就往火台邊走，這一下王福順看到了翠花的眼睛，翠花的眼睛迎著窗戶的光亮像要鼓出來，真是一對兒毛眼眼啊，花花當初看他的眼神也是這樣。

王福順覺得應該走人，站起來端起放雞蛋的臉盆，翠花不管不顧上去一下在背後抱住了王福順的腰，王福順沒有想到有這麼膽大的女人嚇了一跳，一回身一臉盆雞蛋碰了翠花胸脯，跌落在地上。這一下翠花是一點心思也沒有了，想那一臉盆雞蛋，那是六隻母雞一個月的努力。翠花定了一下神蹲下去用手往臉盆裡掬那碎雞蛋，王福順趕忙掏出五十塊錢，王福順說：「掬起來餵了豬吧？」翠花不知道該說什麼就哭了，這一哭讓王福順有些不知所措，就想起了李苗，應該叫李苗來，那雞蛋除了豬吃，人也能揀出來不少，翠花一個人哪能吃得了？

王福順往外走時，李苗進來了。

王福順前腳走出教室，二寶後腳回了井下院，問他媽要東西吃，不知道為什麼二寶老是感覺肚餓，早飯等不到午飯，午飯等不到晚飯。李苗說：「餓死鬼轉生的，火台上有兩塊煎餅拿了吃去，不要誤了上課。」二寶說：「不急，王老師和翠花姨商量事去了。」李苗說：「商量什麼事去了？」「誰知道商量什麼事去了？我又不是王老師肚裡的蛔蟲。媽，你和翠花姨為什麼老問王老師幹什麼說什麼了？煩不煩啊！」李苗還想問二寶，一轉身發現沒了影子。

李苗有些納悶，聯想到了翠花和來魚在茅牆上耍褲帶，翠花是什麼樣的人別人不知道我李苗還能不知道？從小學到初中到結婚生子，我倆是比著走的，小學時翠花膽大，和男同學過家家她敢脫褲子，互相比看有什麼地方不一樣。當初要不是她找德庫現在德庫的老婆肯定是我。當初德庫他爹是找了媒人到後里莊說媒的，第一次領了德庫來相親在村口看見了翠花就不去我李苗家了，現在怎樣，我李苗是兒女雙全，你呢，十幾年了就養了一個小婢片。嶺上沒人了你想我二寶沒有人教學了，可來魚找到教委，教委單獨派了老師來，這歷史上也是沒有的事。嶺上幾任老師了誰見過你翠花抹過「雪花膏」撲過粉。現在一看王福順來了又是單身，「雪花」也抹了、粉也撲了，為了給誰看？一個德庫不行還想要兩個德庫？王福順是誰？是二寶的老師，二寶是我兒子，王福順是來魚爭取來的。這樣一想李苗就把王福順當成自己的人了。自己的東西別人是不能隨便碰的。

這麼想著李苗走進了當中院。院子裡靜悄悄的，李苗的腳步就自動放慢了，放輕了，想聽聽屋裡人說話。聽著聽著聽出了問題，李苗心裡就躥起了火，忽聽得哐噹一聲有東西摔到了地上，細聽聽是雞蛋摔了，李苗心裡的火苗一下又滅了，有點幸災樂禍就往裡走，她想好了進去說的話：想來問一問德庫有沒有話捎回來？但是，李苗一走進去就知道要說的話不能說了，地上的雞蛋一個一個睜著眼睛像舞蹈纖肢的仙子，李苗開始心疼了，再看到炕上王福順放下的五十元錢，就越發心疼了。王福順說：「我給二寶放了學，放了學再過來。」逃也似的走出了當中院。

翠花說是想看看火，誰知道一轉身就把炕沿上放的雞蛋碰掉了，可惜了啊，可惜了，那是我的母雞一個月的努力。李苗就帶了刺附和，一個月的努力算什麼？一年的努力能換來結果也不錯。什麼可惜了？可惜的東西多了，不就是倆雞蛋嗎？人家王老師給你放下五十塊錢，怎麼說你的雞蛋也不夠五十塊呀！翠花表示不要他的錢，雞蛋是我碰的我再要他的錢，這不是寒磣人家嗎？就是就是，你火上煮的是什麼？是雞蛋。給王老師補一補，咱這山上沒有什麼好東西，王老師也照顧了咱不少，有雞蛋就只能給他吃雞蛋了。這一說，李苗的火就又想往外躥，我家二寶的老師我就沒想給他煮雞蛋？哎喲喂，王老師要知道了你給他煮雞蛋，還真要感謝你這一鍋提升體力的回春蛋哩。李苗頂著火苗一扭身走了。

王福順回到教室頭腦清醒了許多，覺得自己不能再去當中院了。回憶了一下事情的起因和結果，起因是雞蛋，結果還是雞蛋。就是沒有想到自己的牙。躺在乾硬的床板上眼睛望著窗外天空，由天空而想到土地，這一片土地是貧困的，由貧困而想到乾渴難耐的地氣，似乎就有了一點眉目：德庫長年在外，翠花也該有過乾渴難耐的時光，她身體很好，腿長胸大屁股寬，我第一次看見她是扛著一蛇皮袋青豆角，在舉起膀子的同時屁股也撅了出來，這樣的屁股應該是需要男人不斷來開墾的，這個男人肯定不是我王福順。這時候王福順的腦海中又閃出了那雙眼睛，這雙眼睛多次在夢裡出現過，他因這雙眼睛而想到男人在任何情況都不能放棄自己的責任，不管別人怎麼樣，他王福順不能不負責任活著，這麼一想他的心情便有了好轉。

王福順用火機點亮油燈，油燈亮起的剎那，他看到了門口有個黑影矗著，他嚇了一跳，定睛一看是他在山下教過的學生李修明。

王福順說：「你怎麼來了？」

「不能來看看老師？你不會不認你這個學生吧？就怕白天上來讓別人說閒話，所以晚上才來。我明天要到縣賓館當服務員，想來想去都該來一趟，你說我去呀不去？給我話我就走。」這個叫李修明的學生邊說邊拉開背包拉鏈，取出一件鐵鏽紅的毛衣，「天涼了，山上風緊，你有胃病要學會照顧自己。」

王福順有些眼溼一把抓住了學生李修明的手，「我比你大十五歲，現在的光景過成這樣，你跟了我要受苦，知道不知道？」

李修明抽出手來，從包裡又取出一條毛褲，說：「只要說你心裡有我沒有？」

「有。就怕別人說我強姦了你的青春。你我不能長相守，因為你還是個小丫頭。」王福順想起電視裡的一句歌詞就把它說出來了。

學生李修明返轉身一下摟住了王福順：「不走了，不要說那些支稜坎山的話，你看山上多苦要電沒電要水沒水，怎麼犧惶成這樣了呢？你就想別人的話，怎麼就不想我呢？怎麼就不想強姦我的身體呢？現在就要你強姦，你要不強姦我就不是王福順，不是男人！」

王福順就「嗷，嗷，嗷我日他祖宗，我要豁出去了！」

學生李修明在十里嶺住下了，王福順的幸福因學生李修明的住下被運用著，像一枚棋子無限放大、放大。這一夜對於王福順和學生李修明來說像一支無聲的歌，縱情滿懷。

翠花不管李苗有火沒火，她心裡現在就想著王福順。雞蛋煮好了王福順怎麼還不來？女人就是這樣，想著豁出去做一件事就一定要做。他不來我去！不就是幾步遠的路嗎？送雞蛋，又不是沒事。這樣想著翠花端了雞蛋往學校走。

學校窗戶上透出了亮兒，翠花聽到有壓低的女人說話聲音，翠花想那不是李苗是誰。十里嶺沒有第三個女人，我倒要看看他們到底有事沒有。躲到了學校的山牆邊，山牆邊有些冷，她不怕冷。她知道李苗因為沒有嫁給德庫一輩子都恨她，來魚又和她在茅牆上耍褲帶，李苗能不恨她嗎？有人恨就說明有人不如她。比起別人的恨來她這點冷算什麼。

這麼等著窗戶裡的燈就「噗」地一聲滅了，翠花眼睛睜得大大的，非常生動，可惜沒有人看見，只有月亮在看，月亮也看不到她的眼睛，因為站在陰暗裡，風吹得她的淚蛋蛋掉了下來，掉不到地上，被衣服的前襟掛住掉到了手上，手裡捏著五十元錢，翠花就從心裡罵上了。翠花一罵就想罵你娘的腳趾頭：你娘的腳趾頭，我還想給你送雞蛋和錢哩，你娘的腳趾頭你們倒上鳳凰架了，你娘的腳趾頭還想讓你給我種個兒哩，你娘的腳趾頭憨狗等羊蛋哩！翠花就這麼罵著回到了當中院，火也死了鍋也乾了。

早晨五點王福順送走了學生李修明。李修明決定不去當服務員了，要準備嫁妝，不管不顧跟王福順來山上過日子。

早晨李苗看到翠花臉上有寒風吹出的裂紋兒，李苗想：日你媽翠花到底把二寶的老師糟蹋了。

七

一個禮拜後，常小明通知王福順下山開會。

王福順和常小明面對面坐在一起。常小明扶了扶眼鏡首先笑了：「這裡有一封反映信。」

王福順說：「不是我幹的，是誰幹的你找誰去！要再猜想是我幹的咱倆的官司還得真打一打。」

常小明說：「沒說是你幹的，你都幹了還要我說？」

王福順說：「誣陷我？我已經被你搞到山上了，水沒水電沒電人沒人，還要怎樣？買彩電是不是真的你心裡最清楚！對於國家來說，你這樣的小腐敗還不如個糠殼皮，既然不算啥我告你做甚？不是說涉及到縣裡的幹部鎮裡就不讓查了，還找我幹什麼？」

常小明依舊笑著，「是嗎？是不查了。但是，我這是涉及到番莊整個聯區聲譽的事，我要不查就是我玩忽職守。」

王福順聽出了意思，分明是話中有話嘛！

常小明給王福順扔過一根紅河菸來，「壓壓驚，我那事算個屁事！現在社會上誰沒有個把情人，沒情人是無能！可是，也不能就要了人家一個嶺。嶺上黑燈瞎火的，沒有娛樂活動要那事說來倒也正合適。」

王福順終於明白常小明是說自己。「你以為別人都和你褲襠裡的那活兒一樣活躍？你要敢再瞎說，我教員不當了，老子敢和你動真格。」

常小明還是笑著：「去去去，我還以為你和別人不一樣，怎麼說也是半斤八兩嘛！我不說你太多，就兩項，一，你要學生喝酒是不是真事？二，你在嶺上和女人睡覺是不是真事？」

王福順說：「是真事。我要二寶喝酒喝的是紅酒，我和女人睡覺是睡我自己的女人，我的女人我不睡要旁人睡？旁人睡過的女人我不會動一手指，接別人口水還叫男人？」

常小明就有些嚴肅了。說：「教唆未成年人喝酒能說僅僅是兩口紅酒？從法律上講是『教唆犯』，二寶是什麼？是孩子，你是教師，不為人師表要你到山上做什麼？還有你剛才說不接別人的口水，睡的是自己女人這可日怪了！」常小明有點丈二和尚摸不著頭腦，想問個究竟，可話到嘴邊又嚥回去了。「好了，至於是睡自己的女人還是睡別人的女人我就不追究了，人還能不犯個小錯誤，況且說這能叫錯誤嗎？這叫功能正常。只要不是和學生搞，搞別人的老婆又怎樣？你沒聽紅豔的男人說，說到底都是自己用的多，別人用的少。有個啥！看看，沒見過這麼夠男人的男人吧？」

王福順一時間就有些惶惑了，事情怎麼就搞成這樣了呢？怎麼說我耍了一個嶺？王福順竟然不知道怎麼從校長室出來，只記得常小明拍了拍他的肩說：「咱們番莊聯區總的來說是團結的，團結中求發展嘛，我就不多說了，再為人師表也不能活得沒有陽光。不管是別人的還是自己的耍就耍了，小事！回嶺上好好幹，等山上人走光了還回來給咱當教導主任。」王福順回到十里嶺天黑透了，點了燈看了看爐火，火黑心了，王福順從場上撿回來一根乾柴放進火裡，火苗騰了起來。他用白麵攪了糊糊，借了火勁攤了兩張煎餅湊合吃了幾口早早就躺下了。

躺下了卻睡不著。睡不著起身找了紙就了燈光寫下了幾個大字：學校重地閒人免進。摸索著找膠水貼到外屋門上。返回來躺下還是睡不著又爬起來從床下摸出一瓶酒，咬開蓋喝起來。王福順想：一定是什麼地方出毛病了，怎麼到哪也不好生存？當初要是給常小明說句軟話也就不用來這山上了，來了山上把自己放在一個誰也想不起來的地方，應該不會出事情了吧？現在又出事了，真他媽活見鬼！我來山上，一心一意想教好這個學生，不想和任何人爭長爭短，結果還是不行，還是要出事。我王福順究竟應該怎麼個活法，誰來教教我呢？王福順真的有點傷心了，拿起酒瓶又猛喝了幾口。王福順醉了也就睡著了，早上凍醒了才知道下了一地雪。

雪給滿目蒼涼的十里嶺帶來了令人心醉的美。二寶坐在教室門墩上，攏著袖等王福順起床，看到門上貼著一張紙卻不知道是什麼意思。門開了，王福順看著滿天飛雪，大聲地說：「來吧，從遙遠的高空飛下來，和我這樣渺小的生命相見，要我怎麼樣來迎接你？」看到二寶說：「把書包放到教室，看雪去！」

二寶不知道王老師是什麼意思，趕忙放下書包跟了他走。雪花仍在繼續往下飄落，一朵接著一朵，一朵挨著一朵，前前後後，紛紛揚揚，漫天飛舞，荒禿禿的山嶺被雪鋪排成了一片白。王福順對著空山大聲的吼了起來：「嗷呵呵——」二寶也跟著吼起來：「嗷呵呵——」有近一個小時，王福順聽見自己的骨骼輕微地脆響，感到自己身上的血液逐漸緩緩地流動開來，才覺得好一些。

王福順說：「回去上課。」二寶踩了王福順的大腳印走回了教室。二寶有些興奮，覺得王老師身上的味兒現在才出來了。

翠花和李苗聽到王福順和二寶吼叫，不知道發生了什麼事情。出了大門看，看不見人在哪就往學校走，就看見了學校門上的紙條，知道是針對自己貼的，心裡不自在，互相裝著看不見各自扭頭回了自己的家。翠花進了門坐到暖炕上想心事，想什麼呢？想自己的男人。女人活著最保底的還是自己的男人。能看到眼裡的不一定就是好東西，辣椒好看不？好看。吃起來辣嘴。醋榴好看不？好看。吃起來酸牙。知道辣嘴和酸牙還吃它幹什麼？想來想去是想吃。這男人孤零零在山上總得有人疼，翠花決定給王福順再煮雞蛋。上課時不讓進放了學總該讓進吧？你和誰好我不管，我是隊長的老婆，盡隊長老婆的責任。

翠花包好雞蛋走進學校。

王福順看到翠花就不耐煩了，「你來幹什麼？」

「我來送雞蛋！」

「把你的雞蛋拿回去，我吃不起你的雞蛋！」王福順很決絕。

翠花說：「有啥事說啥事，雞蛋沒有錯。」

王福順氣不打一處裡：「不是有能耐和常小明反映我的問題嗎？還有什麼問題要反映都去說，本來認為山上的人樸素實誠，跌了跟頭才知道石頭也咬人。」

翠花驚訝得瞪起了毛眼眼：「這是哪和哪？我是下山去來，是德庫讓人捎話，要我禮拜四下山接電話，我為什麼要找常小明去告你？我連常小明啥樣兒我都不知道我告你為了哪樣？我守活寡守了十幾年，又不是一天兩天了，我現在就守不住了？」

這一下倒把王福順弄了個丈二和尚：「你守活寡？」

翠花嚶嚶哭了起來：「你知道德庫長了個什麼？長了個半寸長。要不是——我就想著男人就是這樣呢。你不要再問下去了，不把人小瞧了就行。」

翠花哭著要走一轉身和李苗撞了個滿懷。李苗說：「都聽見你們說的話了，也不是我去找的常小明，我知道是誰。」

「是誰？」

「是德庫。」

翠花說：「瞎說不是？德庫和來魚在東北打工，他有分身術？」

李苗打了自己的嘴一巴掌，「都是我不好，那天我在山下等來魚電話就接了德庫的電話，就想起那天夜裡你們倆睡覺的事，我想王老師是來魚從番莊聯區要來的，是來教我二寶念書不是和誰睡覺的，我一時氣不過給德庫說了，德庫撂了電話一定給常小明打了。」

翠花馬上就翻了臉，「你娘的腳趾頭，你看見我在學校睡了？我倒是親耳聽見你跟王老師睡覺的動靜，你個臭豬屎，竟敢糟蹋我？你娘的腳趾頭，你看我不撕爛你的嘴？」翠花立馬要挽起袖管上去撕李苗的嘴。

王福順惱火地大聲說：「亂什麼？亂！看你們潑婦樣。你是來魚的女人吧？你是德庫的女人吧？你們都不是我王福順的女人是吧？我，我王福順難道就沒有女人了？我是來教書的，常小明說我搞了一嶺的女人，我有多大能耐啊？真是把我高看了！」王福順氣得手足沒有放處。

這時候二寶在門外說：「我看見那天早上有一個穿紅衣服姐姐從學校出來，王老師一出門就背了她，樹上的霜白雪雪的，王老師背了她忽閃忽閃地下了坡。」李苗就衝了門外叫：「賊骨頭二寶兒啊，你在門外聽什麼？看什麼？你還不給我爬回去！爬啊？」二寶就不說話「爬」回去了。

翠花和李苗你看我，我看你，怔怔一會兒，又齊刷刷將目光投向了王福順。這時候，王福順的臉上嘩地湧上了一股熱浪，本來很窩火的心情變得越來越複雜了，火轉化成了熱，熱又變化成了羞愧難當，無地自容。他極力想避開兩個女人的目光，可那目光就像釘子上拉出的鐵絲一樣把他拽得緊緊的。王福順搓著手來回走動著說：「一團麻，一團麻！」

李苗感到自己真是捅馬蜂窩了，一洩氣坐在了地上：「翠花啊，你不是要撕我的嘴嗎？撕吧，來撕吧！我長了嘴咋就和人的不一樣？怎麼就長了個烏鴉嘴？我的腿都軟骨得站不起來了，翠花撕我的嘴吧！」

翠花說：「你娘的腳趾頭，自己撕自己的嘴吧！」一扭身出了學校，風一樣地回了當中院。

事情有了眉目，翠花坐在暖炕上又開始想心事，想來想去都是自己不好，人家王老師是來山上教書的，楊柳梢、水上漂，想讓人家清風細雨灑青苗？人家就灑了？人家是有文化的人啊，咱反倒給人家添了亂，好羞辱，好羞辱。德庫怎麼還不回來？往年一上凍就封了工，今年學生都快放寒假了也不見人影。

翠花想到德庫，想他現在還不定怎麼生氣哩。上一次是要敲死來魚，這一次怕是要敲死我了。都是他娘的腳趾頭李苗。

李苗這時就走進了當中院，她是來給翠花賠不是的。李苗說：「翠花，我是來給你賠不是的，德庫這兩天怕要回來了，他回來還能不生氣，他這一生氣呀怕就又要弄出什麼事情來，弄出事情來就不好收拾了。他上一次不是要敲死來魚？這一次讓他來敲我吧。」

翠花說：「真是敢做又敢當啊？你要是不惹這場事恐怕他誰也不敲。」

李苗說：「任打任罰，都由你吧。自打你嫁了德庫，我心裡一直記恨你，萬萬沒想到德庫有那毛病，你替我受了罪了翠花！王老師是好人，咱們往後再也不往他臉上摸黑，咱們往後是好姐妹，讓德庫和來魚成好兄弟。翠花，我掏心掏肺說這些話，要是聽進去了，就給我擠個笑臉兒吧！」翠花就強擠出一個笑臉兒。李苗說：「罷罷罷，也算，也算。」

學生李修明在山下就聽到了一些關於王福順的風聲，決定趁夜色的掩護上一趟山。她覺得王福順現在需要她，這時候她應該在王福順身邊。

學生李修明走進了十里嶺的學校。

王福順一看學生李修明上山來了就笑得比較忘我。王福順說：「以後上山白天來，走夜路黑，白天來讓十里嶺的婦女看看，看看我王福順的女人。」上上下下打量著就張開了手臂等李修明撲過來。聽王福順這麼一說李修明笑了：「聽說你把十里嶺一嶺的女人都搞了？」「全搞了也不就兩個嘛！」王福順忘我地張著手臂。李修明還在笑：「有人還聽了你的窗戶？我上山就想問一問是不是真的，這麼說是真的了？」李修明說著就哈哈大笑起來。王福順說：「笑什麼？我睡的女人就是你，是一嶺的女人來聽你的窗戶，聽出了故事。李修明同學，這故事好玩吧？我逃到山上也逃不開是非，我不去找是非，是非偏偏喜歡我，我想我的命就是這樣了。」不等李修明撲過來手臂就耷拉了下來。

李修明的眼淚像化雪天屋簷的水刷刷往下掉。

二寶早上起床，又看到了王老師背個了人忽悠忽悠往山下走，二寶返身回去叫了媽又叫了翠花姨，他們仨站在院壩上看，遠處掛了霜的樹中間有個紅影兒閃。翠花說：「閨女太嫩，怕是走路不大利索了。」

王福順這幾天比較忙，一是寒假學生要到聯區考試，二是校長常小明到底出事了。常小明把學校「普九」款項提出來用於自己往上提升的活動經費，縣教委下來檢查發現了問題。發現問題當然要解決問題，常小明被解決了。校長一解決整個番莊聯校有些亂，王福順的心不亂，他決定領二寶下山考試。

這中間德庫和來魚回來了。德庫一回來十里嶺就要有一場暴風雪，翠花想該來的擋不住，既然擋不住該來的就讓它來吧。

奇怪的是十里嶺風平浪靜。斜陽下熠熠閃光的殘雪映襯著十里嶺，如一筆抹開的水墨畫，偶有一、兩聲雞鳴聽起來也很舒展。

德庫和翠花坐在暖炕上，德庫說：「我誰也不恨，就恨我自己，恨不得把自己敲死。」翠花知道了德庫誰也不想敲，就想敲死自己，心就疼起來，心疼自己也心疼德庫，苦海沿邊兒，兩個苦人兒在生活沿兒上就還得活。

王福順領二寶考完試，要二寶先回去，他留下來閱卷。分數一經公佈全聯區期末考試五年級最高分是二寶。一個老師教一個學生考了第一王福順臉上沒有光榮？

王福順不想在山下久留，連夜回了十里嶺，他心裡想著要辦一件事，這件事誰也不能說，辦成了就成，辦不成就是笑柄。

八

王福順回到十里嶺沒進學校門進了當中院，進了當中院看到德庫坐在炕上抽老菸，王福順說：「在山下就聽說你回來了，回來了就好。你走後發生了一些誤會想必翠花也和你說了，咱往事不提。翠花，你出去我有話和德庫說，要是來魚來找我，擋著不要讓他進來。」翠花莫名其妙地出去了。

王福順說：「是男人就不要害羞，你我沒有外人，把褲子脫下來我看看那東西到底是有什麼毛病。」

德庫說：「王老師，是來嘲笑我的吧？是不是記恨我給常小明打電話？給他打電話其實也沒說啥，就說要他把你調走，十里嶺一嶺女人都讓你睡了。他說，這不是事！要我想一想還有啥事，他還沒發想，我就說了咱們喝過酒，二寶也喝了。他說，好了。電話就拖了長音斷線了。我沒有說你啥，你饒了我吧？」

王福順說：「不脫褲子我就不饒你，脫了褲子我就饒了你。」德庫說：「還為人師表哩？我不脫。」

王福順掏出打火機點亮油燈，「你沒有明白我的意思，男人那東西有時候需要做一個小手術，我看看是不是那手術，要是，你就解放了。」

德庫說：「真的？」

王福順說：「真的。」

德庫就脫了褲子。

王福順看了說：「小手術。明天和翠花進一趟縣城，我給你寫個條子，到縣醫院找條子上的人，他是個外科醫生，要他領你們檢查一下。」

德庫和翠花進了一趟城。找到條子上要見的人，一檢查說那東西是包皮過長。見了醫生問這問那的翠花說：「想要一個兒。十四年沒有動靜。醫生，你查查是哪裡出了毛病？」醫生讓他倆同時檢查，發現德庫的精子活動力不強。醫生說：「吃幾付中藥調理調理，過了年肯定會懷上孩子。」德庫說：「醫生，我有一個閨女的，原來能活動，現在它怎麼不活動了？」醫生抬起頭看翠花，翠花就心跳，急急忙忙說：「我們住的地方高寒，那東西後來凍住了，也不是沒有可能吧？」聽這麼一說，醫生嘴裡含了一口水就噴了出來，停頓了一小會兒，一本正經地說了句：「很有可能。」

等拆了線取了中藥德庫和翠花回了十里嶺。德庫一路上就想一件事：趕快搬到山下去，再不下山就要影響自己的後代了。

十里嶺一臘月天都彌漫著一股中藥味，藥味兒飄出的霧氣中是德庫和翠花的笑臉。

臘月裡來魚的娘死了。來魚就等送他娘走，他娘一走決定搬下山住。不等來魚搬德庫搬走了，臨走翠花問王福順：「給李苗送過什麼東西?也要給我送一份。」王福順說：「送過一包藥是讓來魚他娘吃的，那藥沒有治好來魚娘的病。現在把德庫送給你就是最好的禮物。」翠花臉一紅扭轉腰笑了。德庫一走來魚心就毛，一天一趟往山下跑。過了清明種了山上的地，來魚用平車拉了東西往山下遷。二寶告了假搬東西。王福順說：「告不告假吧，只要下了山你就不是我的學生了。」二寶說：「誰敢說我不是你的學生！」王福順一聽想哭。來魚說：「都搬走了，一個學生也沒了，十里嶺的地氣散了，也下山吧？」王福順說：「只要聯區還有十里嶺這個小學，就得有老師在，最起碼得等到這個學期結束。」李苗說：「以後我和翠花月月相跟著來給你送雞蛋。」

十里嶺沒有人了，有一個人就上了山。上山的是王福順的學生李修明。李修明說：「山上沒有學生了，我就是你王福順的學生。」寬厚鬆軟的十里嶺透出一股隱祕誘人的地氣，那地氣是女人的氣息。夜裡學校的黑暗中就有聲音傳出來。

「豆來大，豆來大，一間屋子盛不下。」

「猜猜，是啥？」

「燈！」

聽得「啰」的一聲打火機聲音響了一下，燈就亮了起來。不管山上多麼寂寞，燈光中的人兒，心中早已騰起了熱望的火。

訪談

閔文盛（山西青年報）

閔文盛：應該說，在你的文學歷程中，小說創作的成績是最為令人矚目的。我注意到你在一篇創作談中提到過，「寫小說是我人生獲得全方位成熟的時期」，你還說，「這個成熟時期讓我回望過去常常覺得恐懼，也是我為什麼一再要寫過去的事情的一個理由。」是否可以這樣理解，在小說中，你釋放了你這麼多年來積累的思考？那麼在此之前的許多年裡，你是否想到過做一個小說家？

葛水平：是的，在我的創作歷程中小說創作讓我擁有大量的讀者，而我在和讀者的交流過程中我從他們的談吐中讀出了一種喜悅，這種喜悅也許就是你說的「最為令人矚目的」。我在一篇創作談中是說過這樣的話。我是恐怖歷史中發生的一些事情，事情的發生超出了人們的想像，有時候想起來發生的事情都覺得頭皮麻炸。人畢竟是進步的，文明的，在給自己找食吃的基礎本領上，人比其他動物都聰明，但是，人的社會常常會出現失序運行。這是經歷過的無奈。它所蘊籍的東西好像應該由小說這樣的文體來承載，來涵容。小說的空間就像一棵樹冠，足足可以遮擋天空射下來的毒日，而生命就在它的蔭翳下恣肆狂放。當然，在我的小說中肯定有我多年來的積累思考，而多年來我的文學夢想就是當一個作家。

閔文盛：作為一個閱讀者，我們對遊移不定的現實生活的恐懼慌亂總是混合存在著。我常常會有這樣的錯覺，彷彿無數敘寫當下的寫作者不是在寫作著，而是在與自己心裡頭正在活躍的魔鬼做鬥爭。因為近期在讀小說，所以看到活生生的日常生活在多數小說寫作者的筆下變得面目可憎會覺得憤懣。這種感覺如同戀愛中那種被無限拉近的兩個人——因為距離感的消失而變得毫無美感可言。你很自覺地將寫作的視角拉遠了些，於是有了《甩鞭》、《天殤》、《狗狗狗》中的蒼涼渾厚及曠遠深沈，你是怎樣將自己的思考納入過去或者歷史中的？

葛水平：創作的現實感和戀愛的現實感不一樣。創作的現實感並不意味著屬於自己的，而是自己所屬的。戀愛的現實感，因為無法看到此外還有其他的生存方式，在想像力所及的範圍內走近意味著幸福。至於毫無美感，是因為人按捺不住自己的情感。

我也不是很自覺地把寫作的距離拉遠，一定要寫那些茫遠的故事。事實上，《地氣》、《喊山》和最近寫的兩個中篇，都是現實題材。無論我寫過去的和現在的，我的創作更多的時候是在一種不自覺的狀態中完成的。我不喜歡將自己安頓在一些現成的規則中，事實上我更喜歡對某一件事情的某一個亮點產生興趣，由興趣的產生而延伸出一篇小說，我不管它是現實的還是歷史的。也許，我將思考納入過去或者歷史中，是因為我想尋找躲藏在他們背後中的那種活下去的溫暖。

閔文盛：出現在你筆下的人物形象都是鮮活的、生動的，尤其是女性，她們大多會讓人過目難忘，無論是《天殤》中的上官芳，《甩鞭》中的王引蘭，還是《狗狗狗》中的秋，都大致具備了這樣的特徵。而且這幾個人物身上都具備傳統女性特有的那種隱忍與決絕，她們順應天性卻都被命運這條看不見的繩索一點點拉進無限荒涼的深淵。你小說中傳達出了女性在歷史中的那種強烈的存在感，她們的悸動和反抗都與非常深刻的人性相關。

難得的是，你既把握住了這種東西，又沒有把這種東西寫得矯情，小說有沉重的因數，但又遠遠超脫了這些。讀完這幾個中篇，心裡是熨帖的，雖有波瀾，但只在水面下運轉。能夠讓人產生這種感覺非常奇妙，我覺得是種很大的境界。我想知道你是怎麼做到這一點的，你在寫這幾個小說之前有沒有明晰地預知一些東西？

葛水平：有。因為我是女人，假如我的命運有多種可能，我必將按我小說中人物軌跡來存活。我愛我小說中的人物，尤其女性。歷史上會有這樣的現象，均質性的凡俗生活常常由於某種特殊時段的楔入而讓一部分女性偉大起來。更多的時候，女人活著，侍奉自己的家庭就像侍奉自己的靈魂，她無法看到還有其他生存方式。但是，女人的心裡有一片闊大的天空。當她知道自己在一個特殊的時段裡不得不決定自己的行動時，女人站起來要做的事肯定是：愛，寬大而柔情，恨，雖弱於仇恨但堅強而持久。如果說，社會進步是多股繩子擰成的纜索，那麼，女人則以自己有限的一生去充當一根脆弱易斷的纖維，女人這根纖維一斷，整根繩索它就不叫繩索了，肯定叫斷麻。

閔文盛：你目前發表的這幾個中篇已經傳達出了一種非同尋常的東西，它們的組合共同說出了你在小說創作上所具備的能量。用一個傳統的詞來說，你是一個小說創作中的「練家子」。我不知道這種概括是否準確。只是能夠感到你的觸覺已經滲透到了每一個細微的角落，我還想用傳統這個詞，進一步說，你吸取了傳統小說的乳汁的跡象非常明顯，從技法上來說，你是非常實在地表現了你的立場，因此每一個小說都是扎實的，不虛浮，經得起咀嚼，但除此之外，還有一些東西是更難以用文字來表達的，就是所謂你文字裡的那種讓人「哀而不傷」的成分，要做到這一點似乎需要克服眾多障礙。我不知道在你的寫作裡，最主要的東西是什麼，你是否把小說創作看作了一門非常高的技藝，你說「要將小說寫出點意思來」，難道是這個先入為主的心理準備決定了文字的走向？還是另外一些成分，譬如，對生命本體的尊重？在你的小說創作中，你認為起關鍵作用的是哪些因素？

葛水平：我可以明確地說，我不是小說創作中的「練家子」，也沒有懷揣絕活，我寫小說得力於我的生活。我出生在大山深處黃土崖下的一個土窯窟窿裡，我小時候最親密的玩伴是驢，最討厭的動物是老鼠，因為它吃我家吊在梁上的玉米。最喜歡的事情是上山放羊。我從動物身上獲得了一種愛，在山水之間我了解了石頭的堅硬和水的柔軟，從山裡人身上知道了人類誕生以來維持至今，源源不斷，傾注不息的是愛，而不是仇恨。出生地——玩伴——山水，是記憶恩養了我的性情。我從鄉人無休止不斷重複的語言裡知道了什麼叫大愛、大恨、大悲、大喜，也知道了什麼叫敢愛、敢恨、敢悲、敢喜。那一些發自記憶中召喚的聲音和氣息是如此強烈，強烈得猶如我遠去的父親向我招手，我知道我必須即刻上路了，要沿著一道迢遞之路走進那些人的心靈。

我要盡一個世俗人的眼光來寫他們，「世俗」必須是我命中注定！我從一開始創作，我決定的兩個字是：「堅持」。無論出現什麼情況我都會想起這兩個字。我不把寫小說看作是一門非常高的技藝，我把它當做我的愛人，有欲望，有激情足夠。我同時把寫作當作我走向幸福的一道門檻——精神的出口。寫文章當然要寫出點意思來，就像愛一個人，不愛，玩什麼火！尊重一切就是尊重自己，而不應該成了世俗生活的一種裝飾和附庸。無可諱言，在空天闊宇春信頻傳的文壇，我希望我們山西文壇，年年春來年年綠。

國家圖書館預行編目資料

喊山／葛水平著. -- 初版. -- 臺北市：寶瓶文化, 2006[民95]
面； 公分. --(island；75)

ISBN 978-986-7282-74-3(平裝)

857.63 95022240

island 075

喊山

作者／葛水平

發行人／張寶琴
社長兼總編輯／朱亞君
主編／張純玲
編輯／夏君佩
外文主編／簡伊玲
美術設計／林慧雯
校對／張純玲・陳佩伶・余素維
企劃主任／蘇靜玲
業務經理／盧金城
財務主任／趙玉雯 業務助理／彭博盈
出版者／寶瓶文化事業有限公司
地址／台北市110信義區基隆路一段180號8樓
電話／(02)27463955 傳真／(02)27495072
郵政劃撥／19446403 寶瓶文化事業有限公司
印刷廠／世和印製企業有限公司
總經銷／聯經出版事業公司
地址／台北縣汐止市大同路一段367號三樓 電話／(02)26422629
E-mail／aquarius@udngroup.com

法律顧問／理律法律事務所陳長文律師、蔣大中律師
如有破損或裝訂錯誤，請寄回本公司更換
著作完成日期／二〇〇四年
初版一刷日期／二〇〇六年十一月二十三日
ISBN-13／978-986-7282-74-3
ISBN-10／986-7282-74-4
定價／二二〇元

愛書人卡

感謝您熱心的為我們填寫，
對您的意見，我們會認真的加以參考，
希望寶瓶文化推出的每一本書，都能得到您的肯定與永遠的支持。

系列：I075　書名：喊山

1. 姓名：＿＿＿＿＿＿　性別：□男　□女
2. 生日：＿＿年＿＿月＿＿日
3. 教育程度：□大學以上　□大學　□專科　□高中、高職　□高中職以下
4. 職業：＿＿＿＿＿＿
5. 聯絡地址：＿＿＿＿＿＿＿＿＿＿＿＿
   聯絡電話：（日）＿＿＿＿＿＿（夜）＿＿＿＿＿＿
   （手機）＿＿＿＿＿＿
6. E-mail信箱：＿＿＿＿＿＿＿＿
7. 購買日期：＿＿年＿＿月＿＿日
8. 您得知本書的管道：□報紙／雜誌　□電視／電台　□親友介紹　□逛書店　□網路
   □傳單／海報　□廣告　□其他
9. 您在哪裡買到本書：□書店，店名＿＿＿＿＿　□劃撥　□現場活動　□贈書
   □網路購書，網站名稱：＿＿＿＿＿　□其他＿＿＿＿
10. 對本書的建議：（請填代號　1.滿意　2.尚可　3.再改進，請提供意見）
    內容：＿＿＿＿＿＿＿＿
    封面：＿＿＿＿＿＿＿＿
    編排：＿＿＿＿＿＿＿＿
    其他：＿＿＿＿＿＿＿＿
    綜合意見：＿＿＿＿＿＿＿＿
11. 希望我們未來出版哪一類的書籍：＿＿＿＿＿＿＿＿

讓文字與書寫的聲音大鳴大放

寶瓶文化事業有限公司

（請沿此虛線剪下）

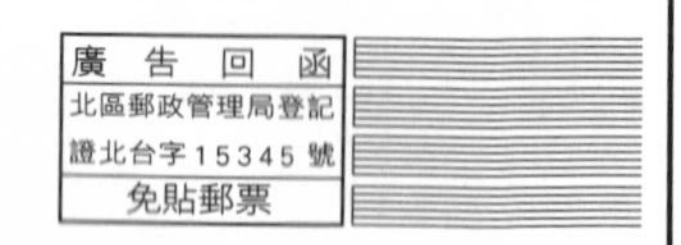

寶瓶文化事業有限公司　收

110台北市信義區基隆路一段180號8樓
8F,180 KEELUNG RD.,SEC.1,
TAIPEI,(110)TAIWAN R.O.C.

（請沿虛線對折後寄回，謝謝）